문학과지성 시인선 607

폭포 열기

김연덕 시집

문학과지성사

문학과지성 시인선 607

폭포 열기

초판 1쇄 발행 2024년 9월 6일
초판 2쇄 발행 2024년 10월 11일

지은이   김연덕
펴낸이   이광호
주간   이근혜
편집   허단 유하은 김필균 이주이 윤소진
마케팅   이가은 최지애 허황 남미리 맹정현
제작   강병석
펴낸곳   ㈜문학과지성사
등록번호   제1993-000098호
주소   04034 서울 마포구 잔다리로7길 18(서교동 377-20)
전화   02)338-7224
팩스   02)323-4180(편집) / 02)338-7221(영업)
대표메일   moonji@moonji.com
저작권 문의   copyright@moonji.com
홈페이지   www.moonji.com

© 김연덕, 2024. Printed in Seoul, Korea

ISBN   978-89-320-4320-3   03810

문학과지성 시인선 607

폭포 열기

김연덕

시인의 말

나를 구하지도
버리지도 않는

나의 수치심

2024년 가을
김연덕

폭포 열기

차례

1부

놀라지 않는 이
사랑의 삶

　관리만 하고 살기엔 아직 젊은 내가 산자락의 이 산장
을 인수받았다.

　시도해보고 싶은 공사
　규모가 커 두려운 디자인도 계획도 많았는데 외관과 시
설에 문제가 없는 이상 나에게로 날아간

　이야기처럼 가만히

　있어야 한다는 지침이 있었다.

설계도를 펼쳐 공간이
부드럽게 낭비된 곳 벽과 벽이 의미 없이
막힌 곳을 살피고

계곡이나
눈 내리는 산이 잘 보이는 자리를
찾아

                              공사하지도 않을 나의

시공업자들 한데 모은 낯

그들은 말수가 적고
어깨가 넓다.

손목과 손끝이 특히
단단한 그들은 공격하는

적막 앞에서도 일하게 해달라고
하지 않는다.

                                        내벽의 어둠

                      정지한 채 서랍을 놀라게 하는 자연이

　　　　　　　　　　　반쯤 열린 삶으로
　　　　　　　　　오래된 디자인의 작업복과
　　　　　　　　　　　　　　어깨로

내려앉고 있습니다.

동의하듯 녹아내리고 있습니다.

지겹도록 많이 본 풍경인데 눈이 오면 왜 기쁜 쪽

　　　　　　　　　슬픈 쪽으로 부지런히
　　　　　　　움직이려는 슬픔으로부터

　　　　거친 언어의 아름다움으로부터 멀어지는

이야기가 될까.

조명 아래 쪼그라드는 숱 없는
머리

살집 잡히는 노령의

                                    사랑이 될까.

                        질문과 대답이 하나로 엉켜 뒹굴 때

                        나는 나보다 진지한 내 역사를
                                상납한 것 같고

                        온전한 이 행복이 믿기지 않고

당신의 이야기가 전부 내 것이 되기엔
아직 내가 너무

젊지만

사실은 이런 낯이 마음에 들어.

미지근한 폭포

나는 모든 것에 조금씩 과한 편이야.

과한 친절,
과한 질투.
눈물과 과한 사랑, 과한
바보.

나도 모르게 엄청나게 부풀려놓은 과한 세계를 감당하
느라 살이 다 쪘다.
모두와 헤어질 만큼
온몸이 부드러워졌어.

정밀하게
계산되어 세워진 빌딩들 모서리가 아름답네. 빛은 여러
줄 직선으로 곤두박질칠 때에야 불시에
힘을 갖는 거구나.

어렸을 때는 과한 게 아름다운 줄 알았어. 그게 꼭 나의
무기

피부

즐거운 사랑인 줄 알고.

똑똑해지는 다른 법은 없는 줄 알고.

여섯 면에 설악산 폭포가 인쇄된 큐브. 가로 열을 돌리
면 폭포의 꼭대기가 케이블카나 단풍나무 가지에 매끈하
게 가 박히고, 세로 열을 돌리면 폭포의 각 면이 조각나 쪼
개지던. 접합면 사이사이 검은색 플라스틱이 적나라하게
드러나 있던. 처음으로 갖고 놀던 장난감이야.
　폭포는 검지
　엄지가 무심결에 서로 밀며 만들어내는,
　먼지 속에서 확실히 진행되는
　이 상처에도 개의치 않고
　흐르지 않고 의연하다.

엄청난 양의 물을 쏟아내면서도

거실로 가로질러 들어오는 햇빛

안에

따뜻하게 멈춰 있다.

같은 면적으로 뒤틀리다 흐트러지는 미래를 한꺼번에
경험한 폭포에게
　원래의 기억
　미지근한 질서를 되돌려주는 것은 의미가 없었어. 한쪽
에서는 방금 내 손바닥 위에서 일어난 죽음 대신 설악산
등반 가을 소풍을 계획하고 있는 이들이 있네.

　그들은 멀리 있고 편안하고 그림자가 그들의 어깨까지
드리워 누구도 그들 얼굴을

　구별할 수 없어. 큐브를 멈추었다. 그들에게 달려가 내
가 만진 것을 이야기해야 했지만 그때는

거실 세계를 내 뜻대로 줄이거나

구겨 던져버릴 만한 언어 구사력이 더 부족했지. 그날
이 사라질 듯 사라지지 않아 나는

몇 년이고 거실에 남아 폭포가 겪은 일에 대해 생각하
게 되었어. 각진 형태의 가을 음식이라면

쉬지 않고 먹어댔어.

반복은 모든 걸 부드럽게 속이더라구. 과한 집에서 가
장 과한 사람으로 태어났는데 격렬한 성장을 멈추지 못했
는데 어쩌겠어, 조절이 잘되지 않더라고.

바닥 없고
사회성 없는 폭포 이미지가 이상한 위안을 주더라고.

1월 폭포

계절도 모른 채 자고 일어나니 더 부드러운
몸을 가진 어른이 되었고

새해 공기는 여전히 현실감이 없네. 바깥에서 나를 그
럭저럭 몸처럼 보이게 하며 걷는 법을
여러 해 걸쳐 알게 됐어.

온화한 빛을 떨어뜨리는 빌딩들을 지나 혼자서는 처음
으로
서울 시내의 호텔 방에 들어왔다. 서울에 살고 있는 내
가 굳이 하루치 방을 잡은 것이 사치스럽게 보일지도 모
르겠다.
과하게.
그래도 여기서는 누구도 내 살을 힐끔거리지 않아.

분열하며 어색하게 웃는다고

말을 잘 못한다고 비웃지 않아.

침대에 앉았을 때 가장 잘 보이는 곳에 후쿠로다 폭포
포스터를 한 장 붙였다.

높이 133미터

폭 13미터에 달하는 폭포는 어둠에 잠긴 방에 겨우 A4 사이즈로 붙어 있을 뿐이야. 포스터의 대부분을 차지하는 충격이

지나친 가로로 육중하게

떨어지는 물이어서

자꾸 쳐다보고 있으면 점심 먹을 때는 무섭기도 하다. 폭포의 중심으로 걸어 들어가 저 빽빽한

억울함을 다

피부로 맞는 것처럼. 저런 물이라면 아무리 크고 부드러운 세계도

겹겹의

살도 뚫겠지.

인쇄된 폭포는 차갑지도 뜨겁지도

이 방의 사물들에게 사랑을 표현하지도 않아.

어느새 가구 그림자에 반쯤 잠긴 폭포는 그저 내가 모르는 곳으로 성실히
나아가고 있다.

포스터가 미지근해지는 시간을 기다린다. 그러니까 해가 막 지거나 뜰 때
종이 두께가 미세하게 얇아져
팔과 어깨를 움츠린다면 사진 속으로 걸어 들어갈 수도 있을 때. 기꺼이

그럴 마음이 들 때.

공기가 차고 노을이 아름답고 폭포 주위에는 이미
입수 자세로 준비를 마친, 거대한 원 대열을 이룬 사람들이 보인다. 내가 잘 아는
잊은

잊히지 않는

수치심 폭포

대열에 가까이 다가가니 온몸의 살이 물처럼 출렁인다.

종이 사이를 뚫고 이 안으로 들어왔지만 여전히
고개를 들지 못하겠어.

  《 중요한 때

      호텔에 숨어들기나 하는

      진짜 폭포엔 가본 적도 없는 오만하고

      과한 자식 너는 좋은 사람이 아냐 》

차례로 되살아나는 순간들에 둘러싸인 채

          《 둔한 게

              아 못생긴 게 》

더 이상 저물지 않는 폭포 한가운데엔 도저히 서 있지
못하겠어.

사람들이 원을 허물고 미지근한 인공 폭포 속으로 하나
둘 뛰어든다. 슬픔도 드라마도 없이 물보라가 튄다. 그들
의 탄탄한 살과 정신. 전부 인생의 다른 시기에 만난 이들
인데 내 납작한 가슴 아래 대기해 있다는 사실 하나로 사
이가 좋아 보여.

누군가의 오랜 두려움을 알아보는 능력은 타고나는 것
이며

밤에도 감기지 않는 눈으로 내 과함을 알아보던, 함구
하던, 이해하던
나를 완전히 펼쳐진 장면으로 만들어
엉망으로 뒤섞인 큐브 면면을 내 손바닥에 그대로 쏟아
주던 사람들. 조각들은 너무 작고
버리기에도

흘리지 않고 들고 다니기에도 너무 많았다.

큐브 폭포

설악산 폭포
후쿠로다 폭포가 서로의 선
면
픽셀을 침범한다

아주 따뜻한 햇빛 속에서.

조금 전 뛰어든 사람들 사라진 자리에 물방울들이 얇은
피부처럼 보글거린다. 들어본 적 없는
작고 끔찍한 소리가 난다. 임시로 그렇게 된 것이지만

잠시 모든 소리를 잊고 싶어.

이 육중한 몸으로도 뒤틀린 채로도 조금씩 나아가고 싶

어. 내면의 하늘이 자기도 모르게 울창하고 푸르러진다.
익숙한 단풍

바위 사이사이에 후쿠로다 폭포의 차가운 몸체가 다 비
쳐 보인다.

마침내 사람들이 웃고 떠들며 수면 위로 올라올 때, 시
간이 그들의 미간에 붉은

케이블카 궤적을 그릴 때. 무언가 당연한

순리적인 것을 받아들인 나의 얼굴이 호텔 창에 비친
다.

물려받은 폭포

아무 일도 없던 것처럼

아무도 손대지 않은
인간적인 방.

하지만 여기 들어와서도 나는 어질러둔 것을 개거나 한 쪽으로 모아 정리해두곤 해.

친절해야 한다 살아가며 만나는 모든 피부들에게
전심을 다해 키스해주어야 한다고 배웠다. 키스는 대부분
되돌아오지 않을 거야. 핵심은 다른 의도가 없어야 한다고. 나의 엄마는
갈매기 날개 펼치듯
복잡함을 털어버리듯 웃는 사람

폭포에 가까이 가면 젖는다고 싫어하던.

아주 오래전에 지나가버린 것 같은 새해가 전기 포트 안에 들어가 끓고 있어. 온도가 확실한 김을
보이고 있어.

나는 의도성이 짙은 사람이다. 되돌아오지 않는 물길들을 잊을 수도 키스를 멈출 수도 없어. 어린 시절은 삭아가

는 것만으로 나에게 상처를 준다.

이상하게 정지된

순간을 준다.

폭포 조각

과한 삶 그것을 잠시 멈추고 싶을 때 나는 나만의 큐브
를 움직이고 들여다봐.

수정은 아름답고, 수정은 정확하고, 수정은 승리한다°

나는 어둠 속에서 내가 나를 부끄러워하는 냄새를 맡을 수 있는데

버튼만 누르면
이 방을 조금 전과 다른 감정으로 채우는 전기가 들어온다는 사실은 얼마나 새삼스럽고 간편하고

현대적인 아픔인가요

그래요 나 그것 덕분에
내 몸에 걸려 넘어지거나 모서리 날카로운 악취에 부딪치지 않을 수는 있지만

낮 동안의 수치가 얼마나 정교한
무늬와 기울기
절단면을 얻었는지

손바닥에 올려놓고 가까이 들여다볼 수도 있겠지만

형광등을 켜는 것은 단지
한밤중에도 이 따뜻하고 복잡한 세공에 많은 시간이 필
요해서입니다
하나쯤

몰입하고 싶은

죽어서도 잊고 싶은 것이 있어서입니다

인공 빛 아래에는 나만큼 납작하고
존재감 없고
어떤 열도 금방
식히곤 하는 스테인리스 작업대

매일 봐도 익숙해지지 않는 도구들이 있어요

눈 오던 밤
비 오던 밤
나는 이 앞에 서서 해왔습니다

낮에는 하지 않는 일을

✦

상상할 수 없을 만큼 멀고 적막하고 추운 나라 그 나라
에서도 긴 시간 기차를 타고 들어가야 하는 지역의 광산
에서 자라는 백수정이라 한다 구하기 어려운
이 난감하고 차가운 수정들을 대체 누가 작업실에 가져
다 두었는지 언제부터 내가 이것들을 다루게 되었는지는
알 수 없지만
표면을 다듬고 눈물처럼

날카롭게 갈아

간격을 둔 채 가장 커다란 수정에 하나하나 접붙이는
것, 이것이 내 몽둥이의 기본 형태
구조로서

이음새가 헐겁거나 지나치게 들뜬 부분은 없는지 가파른 면이 광석 가루를 떨어뜨리고 있지는 않은지 다른 수정들에 비해 돌출된 형태로 솟은 수정의 끝이
　물보다 허기보다

　본색을 드러내기 직전의 사랑보다 지나치게 환하지는 않은지 새벽까지 점검하는 것이 나의 일 백수정의 사전적 의미는 다른 빛깔이 없는 희고 맑은 수정이다 다른 빛깔 다른 의도가 없는 독창적인 깊이와 강도의 수정

　이슬 모양으로 맺힌
　중심에

　광부들의 느슨한 어둠 고전적인
　아픔을 가두고 있는 수정입니다 그것으로 몽둥이의 날을 만들어 사방에서 튀어나오는 자신의 부끄러움을

　한 번에 내려치려는 사람의 앞으로

그 나라 열차 천천히 지나가요 눈 내리는 소리 내면서

그 안에 내가 타 있었답니다
차창에 기대 있던 내 얼굴 슬프고
시원했어요 있죠
이런 식으로 나에게도 거칠고 아름답고
뜨거운 부분이 있다는 것을 오직 나의 노동이 확인시켜
주는 순간이 좋았어요

좋지만은 않았지만요

하나쯤 잊고 싶은

죽어서도 몰입하고 싶은 것이
있어서입니다

날에 베이지 않기 위해
특수 장갑을 끼고서 나 말고는 아무도

모르는 일 할 때

작업대에서는 백수정으로 된 눈부신 날들이 타들어가
는 냄새가 났어요 몽둥이
내 완성품을 들어 조심스레 돌려볼 때마다

미세하게 다른 속도와 각도로 형광등 빛을 튕겨내며 움
직이던 수정의 소리 자신들을 견고하게 빛내는 소리가 났
습니다 규칙적이었고

아주 조용했어요

° 에르베 기베르의 『연민의 기록』(신유진 옮김, 알마, 2022)의 "단어는 아
름답고, 단어는 정확하고, 단어는 승리한다"(p. 131)를 변용.

찬물처럼

왜 나를 싫어하는 걸까

라는 물음만큼 섬세한 실내 공격이 있을까.

방 안에
더 많은 잠이 필요한 작은
나무가 있다.
그것은 잔가지나 배고픔

단정하게 도배된 이 방보다 명료한

분노로 깨어 있다.
뜨거운

관찰자의 빛을 낸다. 삽으로 그것의 안을 파내고
쪼개
가장 아늑하고 비참하게 누울 곳을 찾으며 나는 잠시
멍해지다 당당해지다
삽의 무게가

귀찮다는 기분.

왜 나를 싫어하는 것이지

방 안에 피곤한 진흙 냄새가 난다.

적응하기 어려운 속도로 부드러운
이 세계에게는 나에 대한 주도권이 있는데 요 며칠 그
것을 거부해보았다.

시원하고 가벼운 옷차림으로

죽은 채로 걸어보았다.
싫은 얼굴 빤히
쳐다보거나

만져볼 수 있도록.

치를 떨게 싫어 내가
떠나온 사람같이
며칠은 정말 거부되었으나

삶이 다 무너지게 너그럽고 싶은
오늘
여전히 내 것이 아니다.

고급 그릇이 절대 쓰러지지는 않게 그러나 조금
화난 채
조금은 참은 채로 선택되어 진열된 가게를 좋아한다.
사랑하는 사람에게 나는
그곳에서 찬물처럼 부드러운 몸가짐으로 돌아다닐 수
있는 나의 질서를 보여주고 싶다.

만지면 그릇만 생각나는 그릇을
만지게 하고 싶다.

나에게는 나를 싫어하는 사람이 있고

그 사실은 부드럽고 명백한
세계에 속한다.

그는 누군가에게 사랑이며
작고 부담스러운
나무
대부분의 행인에게 잊히는
행인일 것이다.

혹은 화목한 어느
가족의 일원,

내가 사랑하는 사람을 기쁘게 해줄 수도 있겠지.

찬물은 속을 알 수 없게

조급함처럼 잠든
나무처럼 어려운 빛을 낸다.

나를 깊이 싫어하는 사람이 있다는 사실,

사랑하는 사람이 알았으면 하는지
영영 몰랐으면 하는지

하루도 지나지 않아 마음은 이상하게 바뀐다.

생활 속 폭포

누군가에게 대번에 버림받은 느낌이 들면 들수록 아직
상하지 않은, 포장 종이 상자 귀퉁이만 조금 구겨져버렸
을 뿐인 나의
가치에 대해 생각한다.

허리 굽혀 시끄러운 잎사귀
진물과 더위 속 곤두박질친 상자를 주워 든다. 상자가
거리에 잠깐 누워보았던 세상 전부
상자 곁으로 흘러 들어왔던 날카롭고 끈끈한 것들이 더
는 묻지 않도록
모든 각 모든

면
속으로 욕하듯이 닦는다. 구겨진 상자가 오히려 그 안
에 든 물건의 강인함, 섬세한 우여곡절을 드러내듯이

운반도 포장 뜯기도 끝나고
마지막에 물건이 놓일 곳의 서늘한 그림자
통풍

일부러 전체 면적의 대부분을 비워두어 다소 내성적으
로 보이기까지 하는 흰 선반을
선반 위 어리둥절한 아름다움을 가리키듯이

끈과 종이와 상자를 나눠 버리며
검은 쓰레기봉투가 덧씌워진 쓰레기통 앞에서야 고개
를 드는 나의 자긍심은
때문에 언제나 아직 오지 않은 미래에 있다. 기분 좋은
바람이 부는 그

미래에서
조금 지친 채 어둡고 자연스러운 색으로 낡아가는 나의
물건을 본다.

이 물건은 나를 아끼고 생각하는 누구에게 받은 것도
베푸는 기분을 즐기는 가게로부터 덤으로 받은 것도 아
니며 강이나 개울, 밝은 산속에서 거저주워 온 것도 아니
다. 이 물건은

보자기이기도 도자기이기도 유리이기도 하고 빈 상자
이기도 피곤한 인내로 말린 식물이기도 지방의 특산품 과
자이기도 하다. 그러나 이것은 이 모든
  것들인 동시에 이 모든 것들이 아니며 그저 이것을 쥘
때 손가락 끝에 무언가 괴롭고
  정성스러운 나날들이 만져지는

  나를 향해 있지는 않지만 이것을 만든 이의, 누군가의
세계를 향한 슬프고 기쁜
  병들고
  건강한
  열망의 반복이 흘러드는 느낌이고

  저 가벼운 선반에 잠시 올려둔 채
  때로는 먼지를 털어주고 때로는
  잊다가
  다시 별 뜻 없이 바라볼 수 있을 것 같은 따뜻하고 추상
적인 느낌이기도 하다. 그리운 채 깨어 있는 이 느낌을 위
해

나는 매번 나 자신을

어색하게 부푼 내 표정을 값으로 지불해왔다. 물건의
선과 마무리가 아름답고 고유할수록

많은 시간과 힘을 요했으므로 가끔은,

트럭에서

품에서 떨어져 나와 스스로

곤두박질쳤다.

° ✳

거실에 놓인 일체형 선반, 그늘이 잘 드는 바로 이 선반
한가운데 물건은 놓일 것이고 그것은

창밖으로 쏟아지는 어두운 폭포를 보게 될 것이다. 원
하는 자리에서

원하는 속도로 삭아가게 될 것이다. 거실과 선반과 빛

이 절묘하게 맞물려 그림자가
  거대하게 드리울 경우에는 마치

  폭포가 물건을 삼켜버린 것처럼 보이기도 하겠지만
  충격을 이기지 못해 절망하고 멍해져 영영 사라져버린
것으로 착각되겠지만

2부

gleaming
tiny area

슬픔과 열쇠로 걸어둔 우리 집 앞마당에 지금쯤 부드러운 빛이 들어오겠구나 생각한다. 가능한 한 가장 조용하게 소리치고 싶을 만큼 언어가 어렵고 추운 나라지만 기념품점은 따뜻하다.

정확한 소재도 깊이도 알 수 없는
바구니에 담겨 있던, 귀퉁이가 조금 닳아 있는 유리 공을 집어 든다. 깨지지 않도록 조심하며
한 바퀴 천천히 돌려 보니 내 나라가 우리 집이
조금 사치스러운 계획과 함께 누워 있는 내가 보인다.
해를 거듭하며 현관과 통로가 아름답게 어두워진 내 몸을 열어
분무기를 꽃을
살아본 적 없는 동작을 놓아두고
특정한 날 특정한 시간에만 내리쬐는 빛을 가두어 다 무너져가는 언어를 그대로 무너지게
겁먹은 몇몇은 약한 스탠드 빛에 의지해 도망가게 두는 계획들. 기획된 적막 속에서 나는 슬프고 기뻐 보인다.

머리가 잘린 꽃으로부터 최대한

멀리 떨어진 곳

다른 기념품

완전하게 먹통이거나 냉혹한 사람이 되어 누워 있을 수
있는 곳에 가고 싶었는데 두렵도록 투명한

이 유리 공 앞에 나의 눈동자는 다시 마당의 빛으로 검
어진다.

참을 수 없는 것을 참아내듯 울창한 성에

사랑하는 사람에게? 기념품점 주인이 묻고

공을 쥐지도 내려놓지도 못한 채 나는
순간적인 표정을 숨기지 못한다.

여름 독서

낮에 꾼 꿈에 사랑하는 사람들이 조금씩 늙어 있다

그중 가장 사랑하는 사람의 얼굴, 내가 아는 바로 화산
이나 눈부신 얼음 속에 갇혀본 적 없는 얼굴은 조금 더 늙
어 있고 그는 내가 모르는 먼 미래에서
수많은 열기와 추위의 등정 속에서 이렇게 되었다고 이
야기해준다 내가 준 백합 씨앗을 책상 서랍에 그대로 보
관해둔 채 아무런 소리도 충격도 없이

산 정상에서 눈 뜬 채 죽어보았다고
그 순간에도 비밀로 남은
결코 앞면을 보여주지 않는 씨앗의 고상한 어둠만을 즐
겼고 이제 내가 쓴 책을 이해할 수 있다고

그의 얼굴은 무언가 주워 담기를 포기한 아름다운 여름
의 빛으로 가득하고 나는 그가 내 책을 읽을 수 없게끔 적
당한 속임수를 마련해두지 않은 스스로가 밉고 슬프다

고요한 혼란 가운데 꽃을 피우는 대지에 감명을 받아

다른 유형의 대지를 탐구하는
　사람들에 관한 책을 쓴 적이 있다

　불과 물의 빛으로 늙어가며
　언젠가 선물받은 씨앗을 마음의
　가능한 한

　가장 어두운 부분에 심는 사람들
　살아남은

　사랑들

　그는 이제 무서운 온도의 등정을 알게 되었다고 한다
　무언가 잠잠해졌다고 눈물 흘리듯 분명해지는 것이 있
었다고 한다 얼음처럼 기쁘고 차가운 빛이 나의
　지친 눈동자로 번지고 그와 함께 살아갈 만큼 충분히
늙지 못한 나는 최선을 다해
　이 정상에서

　내가 만든 잠깐의 꿈에서 깨어나고 있다

gleaming
tiny area

오늘이 다 끝날 것처럼 서로를 끌어안는 젊은 사람들
사이에 있었다

썩지 않고 악취를 내뿜지 않고
순간의 충격으로 흐리멍덩해지지 않고
오랜 시간을 거쳐 힘겹게 내 것이 된 언어나 사랑의 아
름다움을 조금도 잃지 않은 채 기척도 감탄사도 내지 않
은 채 이곳에 누워 이곳의 침착한 자재들
나무들
거칠게
흰 돌들을 영원히 보고 싶다 희미해져가는 두 발
펠트 천으로 이루어진 작은 정신을 저것들에게만 들키
거나 나누어 주고 싶다고 했더니

일주일 전 스스로 관에 들어간 아직 따뜻한 사람, 내가
잘 아는 남자가 나에게 다가와 유리관 하나를
지어 주었다

놀란 기색 없이 쓸데없이

너그러운 공구들

　그의 설계는, 무심결에 뒤척여도 다치지 않게 동시에
내가 지루해하지도 않게
　크기와 두께
　빛을 반사하는 정도가 각기 다른 판유리와 판유리를 정
밀하게 붙이는 실력은 훌륭했다

　마지막 사랑이 거니는 방향으로 쏠리며
　골똘하고 단순해지며 확실히 찢기는 수만 조각의 여름

　환하게 훼손되어가는 청각과 함께 천 한 장
　나뭇가지 하나의 강도로 시끄럽게 식어가는 나의 신체
가 이곳에서는 그러니까 조금 살아서는 들여다보이지 않
는 관
　나란히 붙은 유리 사이로도 옆 사람과
　눈 마주치거나 장난칠 수 없는

　연로한 느낌을 주는 이상한 반투명한 유리관

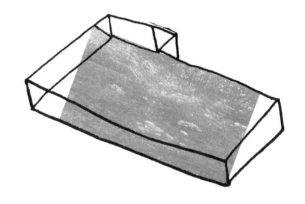

그는 이곳에 수만 번의 일주일처럼 스스로의 일부처럼 들어가 있었으며 눈물 없이 울었고 밤낮을 몰랐다고 한다 무서워하는 마음으로 기둥을 이룬 유리 막들이 서서히 각을 허물고 부드러워져

누워서 보는 풍경의 여전한 지루함과 성스러움을 발견했을 때 서로의 두께와 색을 맞추어 비슷하게 투명해져갈 때

최종적으로 그리운 나무나 사물은 없었다고 한다 다만

내가 나를 터뜨리며 소리치려던 순간 가장
조용해지려던 순간이

그리고 그 순간 나에게 필요한 관이 어떤 모양일지 그
냥 알 수 있었다고

이것은 자신이 누웠던 관의 기쁨과는 성질이 조금 다른
종류의 것이라고
무엇이 다를지는 내가 직접 들어가 누워 확인해야만 하
는데

일주일간 밤낮으로 고심해 만든 선물
마지막 언어라고 했다

두 개의 완성된 관 앞에서
우리는 잠시 끌어안을지 말지 고민하는 것 같다 우리는
평소보다 급하게 너그러워지는 것 같고 우리는 돌들에
정확한 상처를 내고 싶은데 우리는 얼마 전까지
젊은

gleaming
tiny area

。

새벽 도로
인부들이 벽을 허물고 있다

흰 장미 넝쿨이 한 면을 다 감싸던

처음 본 사람은 그대로 지나칠 수 없고 어쩌다 길을 잘
못 든 사람도 걸음을 멈추어 무거운 꽃잎 겹겹의
　어둠을

한 장씩 힘겹게 들추며 들어가던

콘크리트 벽이 굴착기로 쪼개지고 있다

넝쿨이 가루로 알 수 없는 부끄러움으로 도로로 차례차
례 완성되어가는 소리, 집중해 사라져본 게 언제였더라

벽에 기대 바라보던 건너편 서점은 늘

조명 아래 들어서는 피곤한 얼굴들 서가와 서가 사이를
부수듯 가로지르는 어깨들로 가득했는데 한쪽으로만 나
아가거나 서툴게 항의하고 있는 것처럼 보였는데 가끔은
심심하고

가끔은 위험해 보였다 느리게
한 장씩 그들이
넘기던 책장

　°

주먹만 한 장미 속으로 사라진 사람들은 첫날 만져본
꽃잎의 두께·미묘한 색 차이·향·감정들·크기·무더기진
넝쿨의 인상을 오래도록 간직해야 했다 다른 품종 그러나
같은 빛깔의 마음들을 밤낮으로 가꾸어

자기와 비슷한 사람들의 걸음을 멈추게 하고 사랑이라
착각되던 벽의 흐름을 정교히 끊어 그 앞에
필요한 만큼 머물게 해야 했다 원하는 장미를 골라 잎
을 들추고 서가와 서가 사이를 지나듯 잎과 잎 사이를 확

실하게 가로지르고 마지막엔 벽 한 장만큼의 투명한 무게
　자신으로 살기 위한 무게를 지게 해야 했다 아무도 찾
을 수 없는 어둠을 완성할 때까지 그 일을 반복했으며 또
다른 넝쿨을 만나게 되거나

　나이가 조금 들어서야 빠져나올 수 있었다 적극적으로
참여한 꿈 같았고 두렵고 기뻤습니다 물론

　갑작스레 저 벽이 헐리기 전까지의 이야기

　。

　새벽 서점
　인부들이 장미 넝쿨을 허물고 있다

　저곳에 드나드는 사람들은 조명 때문에 하나같이
　하얗게 보였다

gleaming
tiny area

　세상에 분노하는 온도
　얼굴과 몸가짐이 은퇴한 운동선수처럼 아름답다고 생
각하던 사람의 뒤를 나는
　영문도 모른 채 따라가고 있었다. 그 사람이 이끈 곳에
는 어디에서나 잘 자라는 나무 한 그루가 있고
　줄기로부터 처음 몇 년의 검은 지지대를 막 분리하던
참이었고
　그는 그 평범한 나무 밑에
　산 채로 매장된 빛이 있다고 했다. 오래전 기능을 잃은
자신의 눈 근육이
　곧 자신이 보게 될 뜨겁고 가느다란 세상이
　뒤엉켜 있다고 했다.

　빛은
　몇몇 사람에게만 겨우 알아차려지는 좁고 젊은 절망에
　언제 스스로 걸어 들어가 눈 뜬 채 삭아간 것일까. 사랑
의 눈물 사랑의
　긴 웃음이 이토록 단순하게 드러나 썩어버리거나
　달아나거나

다이빙 물결로 반짝이지조차 못한다는 사실이 도무지
믿기지 않아.

손 내밀어봐요, 그는 당황해 수런대며 침묵하는 나의
손바닥에 윤기 나는 검은
나무 열매 두 알을 내려놓았고 열매에서는 과육의 물기
가 차게 식어가는 소리가 난다. 그리고 내가 그것의 리듬을
어둡게 뛰어가는 패턴을 알아채기도 전 곧 아무 소리도
나지 않는다. 닳아버린 기능은 잎사귀나 달아난 신체는
당분간 돌아오지 않을 것입니다. 멀리서 다른 물결을 익
히다 올 것입니다. 어떤 분노는 우아한 광대뼈 아래 아주
조용하게 살아가기도 한다.

*

이걸 심어둔 사람이 어디서 뭘 하고 있는지 바른 자세
로 눕기에 결국 성공했는지 영영 모르게 되었어요,

잘 안다 믿었던 그의 지치고 아름다운 얼굴을 나는
짧은 순간 알아보지 못한다.
그는 멍하게 곤두박질치던 빛
타일 바닥과 아직

깨어나지 않은 나무의 미래를 동시에 떠올리고 있을지
몰라. 과묵한 열매를 자처해 열매의 면적으로 몰래 끼어
들고 있을지 모른다. 독특한 몸가짐을 지닌 줄기에는
　가느다란 어둠만이 사랑처럼 맺혀 있고

나는 당장 이 밑을 파내도 아무것도 바뀌지 않을 것을
그러나 무언가는 바뀔 것을 알았다.

나의 레리안*

1

조용한,

근섬유의, 사나운,

그런 아름다움 앞에 말을 잃기 위해서만 가끔
사는 것 같아

호텔 로비에 거대한 새처럼 장식된 꽃을 보고 생각했다

내가 무엇을 위해 이 지방에 묵었는지
짐을 싸는 동안
기차 차창 밖으로 부드럽게 흔들리는 논밭을 바라보는
동안
어떤 딴생각 속에 있었는지 어떤
잠잠하고 괴롭고 안타까운 생각 속에서 밭의 연기처럼
골똘해졌었는지 땅만 보며 타들어가고
있었는지. 동시에

당장은 눈앞에서
먹어치울 수 없는 저
버려진 자연

나의 논,

무언가 휩쓸고 지나간
연기도 거의 꺼져가는 한낮의
현실 가운데

　조금은 잠이 오고 편안해지기도 했었는지를, 이 순백의
꽃 앞에서는 도무지 떠올릴 수 없던 것이

　그래 실은
이제 무시할 수 없을 정도로 몸집이 커져 내 기차 옆 칸
가방 안쪽까지 따라온
탄내 나는 논이
느리게 흘러가는 모든 나의 수치스러운

장면들이 저 꽃의
따뜻한 깃털 사이사이에서
하나씩
차례로 질식된 채

그렇게 과도한 향과 빛 속에서 바로 삼켜져버리는 것이
좋았다 내게

아름다움이란 내내 끝나지 않던 한 순간이 약한 섬광과
함께 죽어버리는 것 오래된 1초를
죽이는 것 죽이고도
불탄 땅값 다 청산해버린 듯한
슬프고

깨끗한 기분을 몇 초간 느끼는 것

2

호텔에 머무는 사이 나의 과묵하고 강인한 새를 만나러
로비로 자주 내려와보곤 했다 천장의 온풍기가 켜지면 꽃
잎이
　미세하게 흔들릴 정도로만 그는 움직였으나 분명
　그는 눈을 뜬 채

　호텔 창밖으로 내다보이는 산과 구름을 똑바로 마주 보
며 살아 있었다 로비를
　오가는 모든 이가 새 앞에서 나처럼 멈춰 서지는 않았
는데 그들은 내가 무심코 지나쳤던 중앙의 샹들리에나 구
식 전화기

　직원들의 제복 같은 것들로부터

　불타던 각자의 땅을 식히는 듯했다 어쩌면 아름다움은
한 사람에게
　하나씩만 허락되는 건지도 모르지 나는

　내게 허락된 꽃 무더기를 이제 약간은 조심스럽게 바라

볼 준비가 되었다

　이렇게나 크고 흰 꽃 이렇게나
　적막하고 무서운 감정을 드러내는 꽃을 장식한 사람은
짐을 싸거나 기차를 탈 때마다 무슨 생각을 했을까 공장
굴뚝으로 퍼져 나오는 연기들을 연기로 메워진 하늘을 차
창 사이로 지켜보며 자기 마음에서 끝없이 가동되는 무언
가를
　긴

　순간을

　더 이상 아름답게 빛나지 않는, 제 몸을 마구잡이로 터
뜨리는 그런 옛날의 빛을 막고 싶지는 않았을까

　그의 삶을 대신 죽여준 아름다움은 어디 있었을까

　해가 질 때도 나는 이곳으로 내려와보았다 로비의 새는
어두워 하나로 구별되지 않는 산과 구름과 유리도 같은

자세로 계속해서 바라보고 있었다

3

돌아가는 날 아침 로비의 장식은 다른 꽃으로 바뀌어
있었다

그것은 그저 모범적으로 잘 만들어진 꽃으로 보였고 나
는 나의 피부에서부터 며칠 전 잊었던 열기
탄 냄새가 되살아나는 것을 느꼈다 이 호텔에서는 한
사람에게 단 한 번만 허락되는 일이 있었고

다시 누런 논밭을 지나가는 기차 안에서 그 일에 대해
생각하게 되었다 거대한
새와 같았던 그 꽃을 장식했던 사람에게
쓸쓸한 범죄를 이해하는 사람에게

나만의 방식으로, 섬광을 일시적으로나마 돌려줄 수 있

을지 모른다고

* "레리안(LEILIAN)은 일본의 의류 회사 '레리안'이 전개하는 패션 브랜드. 회사의 핵심 브랜드이다. 창립의 배경은 1967년 유럽 시찰로 거슬러 올라간다. 어떤 전통적인 호텔에 숙박했을 때의 것, 로비에 흰 꽃이 장식되어 있었다. 이름을 들으면 흰 백합꽃, 그리스어로 'Leilion'이라고, 고귀하고 우아한 최고의 여성에게 바치는 꽃이라고 한다. 그런 Leilion 같은 옷을 만들고 싶다…… 그 의도하에 브랜드 '레리안'은 탄생했다"(빈티지 쇼핑몰 'Oldlook' 홈페이지에서 인용).

구식 부끄러움

보도블록 사이로 얇고 울퉁불퉁한 얼음이 얼던 낮이었어
  우리만큼 무거운 털옷에 지쳐버린 친구들과 나는 우리
그림자를 아무렇게나 버려두며 걷다가

  지난주 완공된 시립 도서관에 들어갔지

  충고가
  평소 생각하지도 않는 옛날 사람들처럼 높았고

  연둣빛 돔은 여러 각도로 깎여 있어
  그 아래 서 있으면 이미 죽은 여러 과거의 빛과 만나는
기분이 들었다

  어지럽네

  선명하다

  목재 책장들 사이로 펼쳐진
  커다란 창문의 창틀에서

고드름이 얼고 있었고

얼음은 기도하는 사람의 부드럽고 전형적이고 위태로
운 무릎 같았어

*

돔과 외벽의 접촉면이 끝나는 점에서부터

쏟아질 듯 빼곡한 서가가
시작되었는데 그만

깜짝 놀랐지 골목에 두고 온 그림자들이 이곳에 먼저
도착해 있었던 거야 그들은 우리는 신경도 쓰지 않은 채
책등 사이로 고개를 박고

무언가 열중해 읽고 있었어

그건 서로가 모르는 서로의

비밀들이었고
우린 곧 말이 없고

부끄러워졌지

돔에서 투과해 들어온 겨울의 각진 빛이 가만히 볼을
스쳤어

상처가 났어

종이가 얇은 벽돌책이 가진
지구력은 무섭다

                          *

기도하고 싶다는 마음은 모두에게
프로그래밍된 작은
용암 조각 그러나

기도를

지속시키는 마음은 의외로

차가운 빛 _____ 빛 _____
＿＿＿＿＿＿ 빛 ＿＿＿＿＿ …

읽는 사이 다 식어버린 직선
무한한

광선의 길이에 대한 이런

생각은

시립 도서관에서조차 나를 피곤하게 만든다

gleaming tiny area

　오랜 여행을 마치고 돌아와 나의 소파에 주저앉았습니다 1인용이라기엔 크고 2인용이라기엔 비좁은. 거실 창으로 들어와 짐 가방의 손잡이·잠든 화초

　·먼지 냄새 나는 심장·소파 팔걸이를 번갈아 비추던 저녁의 빛은, 당장은,

　정말 중요한 말 대신 다른 자질구레한 말들만을 골라 전해주는 듯했어요 그게 뭔지는 모르겠지만 열린 창으로 들어오는

　바람은 나를 위로하듯

　일부를 살짝 지워내듯 소파의 모든 실밥과 색, 무늬 들을 비껴가며 붑니다 여기
　이런 무늬가 있었나? 새삼스레 부드럽게 깨어나는 감각 속에서 헷갈리기도 했어요 누군가

　다녀간 흔적도 가구들

배치가 바뀌거나 바닥이 세게 눌린 흔적도 없었으나 거실 한가운데 놓인 짐 가방은 왠지

언제 이 집에서 나와 바퀴를 굴린 것인지 왜 집과는 상관없는 바위와 흙 포장도로 사이를 거닌 것인지 기억해낼 수 없었습니다

✳

이토록 무겁고 조용한 세계 속에서 가방은 빙빙 도는 심장이 터질 것 같았고 따뜻한 실로

제봉되었던 빛 안쪽은

바깥 사람들 바깥 여흥이 꽉 쥐고 있던, 너무나

확실하게 느껴지던 박음질로부터 조금씩 분리되기 시작하는데…… 그렇게 저 화초처럼 사그라들 순간을 기다

리면서, 그렇게

　울지 않고

　긴장하고 있었어요

　자발적으로 떠난 여행에서도 내내 나의 집 거실만을 떠
올렸다면 대체 어떤

　팔걸이가 어떤 실밥이 날 떠나게 한 것인지는 알 수 없
지요 할 말 다 떨어져 어두워진 빛이

　입을 뗍니다

　은색 원기둥에
　여러 개의 가는 선으로 연결되어 모빌처럼 회전하던

　가볍고

　어지러운 말들을 멈추며

gleaming tiny area

그는 자기가 잠시 여행을 떠나 있는 동안 나에게 이 집에 머물러달라고 했다 그의 집에는 돌봐주어야 할 동물이나 식물이 없었고 먼지가 쌓일 만한 가구나 장식품 들도 없었다 다만 거실에 커다랗게 난 창문을 통해 건너편 정원의 생태를 한눈에 내다볼 수 있었는데 그는 자신이 거실 테이블에 두고 간 노트에 그 정원에서 일어나는 몇 가지 변화만을 기록해달라고 했다 장수가 몇 장 남지 않은 두꺼운 노트에는 그가 그간 기록해둔 정원과 정원사의 관계가 상세히 기술되어 있었다 거기 물처럼 간결히 적힌 내용에 의하면 정원사는 매일 새벽 그 정원에 사다리와 전지가위와 함께 들어와 아무렇게나 자란 잡초들과 비뚤게 자란 가지들을 정리했으며 마른풀들에 물을 주고는 해가 뜨면 가벼운 춤을 추고 떠난다고 했다 처음 그것을 목격했을 때 그것은 춤이라고는 보이지 않는 조금 이상하고 성마른 몸짓이었으나 그는 정원사의 얼굴과 팔다리, 조용하고 차가운 정원에 흐르는 바람의 움직임을 반복해 지켜본 뒤 그것은 정말 완벽한 춤이라고 결론지었다 정원 손질과 엉성한 춤 사이에는 어떠한 관계도 없었으나 정원의 전체적인 모양새가 정원사의 춤 이후 미세하게 느슨하고 부드러워지는 것 같았다 그 차이는 정말로 미세해서 매일 같이 정원의 크기와 둘레를 확인한 사람이 아니라면 알아 차리기 어려웠다 기실 아무것도 바뀌지 않았다고 해도 무 방했을 것이다 또한 정원사는 해가 뜨기 전에 정원에서 빠져나왔기 때문에 사람들은 그 정원이 돌보는 사람 없이 도 생생히 살아 숨 쉰다고 믿었다 나는 노트의 중반부까 지 다시 읽었을 때 그가 비슷비슷하게 흘러가는 정원사의 나날을 왜 기록하려 하는 것인지 정원사에게 다가가 말 을 걸거나 그 사람의 정원 손질을 도와주려 하는 대신 대 체 왜 그의 일과 춤을 몰래 훔쳐보고 기록해오고 있던 것 인지 알 수 없었고 별수 없이 새벽에 거실 소파에 앉아 그 정원사가 등장하기만을 기다렸다 거실도 창밖도 아직 어 둠에 잠겨 작은 움직임마저 바로 옆에서 속삭이듯 잘 들 렸다 정원사는 그의 기록대로 사다리와 전지가위와 함께 정원에 입장했다 한차례 손질을 마치고는 춤을 추고 어스 름한 정원을 빠져나온 정원사를 다음 날에도 그다음 날에 도 목격한 나는 어느 순간부터 정원사의 일과 기록하기를 그만두었고 오로지 정원사를 지켜보기 위해 새벽에 일어 나는 일도 더 이상 하지 않았다 그가 더 이상 정원에 나타

나지 않은 것은 정원이 그의 춤사위를 닮은 온갖 잡초로
뒤덮인 것은 언제부터인지 나도 모른다 그의 춤과 정원의
생태가 크게 관련이 없었듯 나의 미미한 기록과 그의 방
문 사이에 아무 관련이 없었을지도 모르는 일이니 말이다

3부

폭포 열기 열기

사랑하지 않아.

이제는 사랑하지 않는다. 지쳤지만 뼈와 살로 똑똑히
울리는 나의 목소리
마루 결 따라 멍하니
흐르는
물살

거실에는
어제와 같은 햇빛이 들고 소파에 걸친 나의 뼈는 부드
럽게 뒤틀려 있고 나는
사랑 이야기에 있어 은퇴한
연금 생활자가 되었다.

반쯤 열어둔

창으로 바람이 분다.
커튼 갈고리에 깊숙하게
꿰인

맥없는 매달림에 대한 보상으로

이쪽으로도 가끔 부푸는 커튼

돌아오는
들어오는

따뜻하고
머리 아픈 젊은 장면들

수증기와 무지개가 번갈아 펼쳐진 폭포 끝까지
빛과 물을 뒤집어쓰며 현실감
느껴지는 적당한 광채에 나의 전체를 빼앗기며 다른 말
은 할 필요도 없어 아름답게
침묵하며 미친 듯이
웃으며 함께 다다랐던 느낌. 거의 완성될 뻔한 그런 느
낌이 빠져나간

뼈.

기념품

습한 기운 조금
남아 있는 뼈의 겉면으로
거실의 먼지가 반짝거린다. 살아 있는

기억들이 차가워진다.
그림 같던
카탈로그 속 자연 이미지 같던 기괴하고
무결한 사랑 한복판에서
터지며 굴러떨어지던 장기들 멈출 수 없을 것 같아. 지
루한 채 슬픈 채로

쏟아져버릴 것 같아.

미지근하게 다
식어버린 온몸의 뼈마디로 이제 평생을 청소하고 그렇게

흠 없는 과거처럼 청소된 평생과
눈 마주치며 식사하고 때때로
어르고
재우며
무심히 거느려야겠지만. 평생이란
그늘진 안정감이

여기 누워 내가 갉아먹을 많지도

적지도 않은 액수의 연금이 아직은 잘
가늠되지 않는다.

열기

무리해 집중하거나 허약한 몸
단련하며 다시 일하고 싶은 건 아니지만

내 젊음을 억지로 확인하고 싶은 것도 아니지만 소파
밑으로 모이는 물살이 더 가늘어질 때면 왜
　얼굴로 흘러 들어오는 여러 굵기 여러
　방향의 핏줄기가 모조리 뜨거워지는 것 같은 기분이 들
까. 피 대신 옅은 분노가

　가짜가 힛 힛 웃으며 나를
　치고 갔다는 기분이 빛 없이

위로 없이 나의
뼈를 어루만진다.

　협탁에는 아프리카의 크고 조용하고
　날카로운 여행지들이 인쇄된 카탈로그가 아무 페이지
나 펼쳐진 채 오후의 어둠에 잠겨 놓여 있다. 사랑에 대한
기대감처럼 누구에게나 공평하게 비춰질
　전형적인 이미지에 반발하지도 않은 채 조금은
　자포자기한 채

빅토리아폭포

나와 비슷한 보폭으로 뛰다 넘어져

무릎이 까지고 속마음 같은 흰 상처를 바라보고 언덕
너머 흐르는 오후를
이해하고서는
한순간 깨진 앞니와 함께 나이 들어가는 세계,

바람과 빛에 헝클어지는 정도를 조절하지 못해 앞을
너무 많이 보아서

남겨둘 수도 있던 사랑의 신비도
기운도
망가뜨리기를 멈추지 못하며 엎어지는, 그런 세계가 있
을까 궁금해한 적은 없었어. 나보다 어리석은 세계와 나
란히 앉아

해 지는 거실을 두 눈에 담으며 더욱 무력해질 날을 기
다려본 적은 없었다. 그럼에도 카탈로그가 선택해 보여준
걸음걸이, 나와의 부드러운 접점은 저 거대한 폭포였어.
분당

5천5백만 리터가 108미터를 떨어져 내리는

멀리서도 귀가 먹먹해진다는 어둠.

둔탁한 혼자.

카탈로그 귀퉁이가 부풀며 젖어간다.

gleaming
tiny area

*

한시적인 눈
기록적인 기쁨들

내 마음 내
모형의 숲에서 과일들처럼 서둘러
허물어진다

갑작스러운 산불로 펼쳐진
삶이 두 눈에

한낮의 피부에 스민다

불길과 눈더미에 휩싸여 환하게

식어가는 과육

*

오늘의 사랑이 지나간다

하지만 풍경을 반으로 갈라 조심조심 따라가는 식의 이야기를 쓰고 싶었던 건 아니다 생생하게 남아 있는 장면들을 골라 이어 붙이고 싶었던 것도 아니다 그럼 팔꿈치로 기어가며 더럽게 녹는 저 눈은 어떤 문장에 헌신하고 싶지 불길 사이 딱딱한 이슬로
형태 지어진 빛은

은폐된 인내와 일치하는 미래의 문장 이상한 어둠을 발하며 서서히 차가워지는 뺨을 가벼운 수치심으로만 움직이는 장소를 찾고 싶다 자연에 기댄 거짓말로 느껴지지 않는 말들
잘 숨기면서 내게만 잘 들키는 촛불들을 찾고 싶었습니다

놀라는 과거를

너무 넓은 숲에서 조용히 빠져나가는 감각을

눈이나 비가 실내에서의 일들보다 커다란 인상을 남긴
날엔 왜 하루 일과와 전혀 상관없는 이야기를 쓰고 싶어
지는 것인지 최근 자신에게 벌어진 일들 어둡고도 차분하
게 상처 준 일들과는 상관없는 마음에 대해 묘사하고 싶
어지는 것인지

*

눈이 내린다

산책을 거부한 채 거대한
자연 같은 마음 앞에서 몇 시간이고 오늘의
날씨를 기운을
한마디로 설명할 수 없는 이 보관소의 색채를
성실한 식사와 멍한

운동으로 너무 늘어져버린 초록빛 정신을

동시에 흘려보내는 빛 조각이 있습니다

　일관된 속도로 살아가는 사람을 믿었던 빛으로서는 갑
작스레 겪은 정전 그러니까 어쩔 수 없이 휘말린 환한 사
고 같은 것이었으나 그는 곧 알게 되었습니다 완전하게
건축된 삶의 고독을 깊은 안전을 스스로 걸어 들어가는
강바닥의 따뜻함을요
　살아 돌아온 이 풍경의 거친 배열을 헝클어뜨리고 나와
함께 나의
　멈춘

시간이 흘러요

                          *

　기쁨은 언젠가 흩어지지 않고 사람이나 소화기를 기다
리지도 않고 막연하게 망연하게

상상했던 것보다 조금은 억울하고 조금은
편안한 기분으로
티 나지 않게 그러나

울며 분명하게 살아 있는 덤불숲 아래

부드러운 순간으로 풀어헤쳐진 가슴 아래 묻힐 것이다
힘 없는 분노로 딱딱한 유리나 도토리로 교환될 것입니다
누군가의 뜻대로 아니 누구보다 자기 자신의 뜻대로 아껴
둔 안전하고 검고 아름다운 에너지를 이제야 낭비하고 있
습니다 무른 세계에 스미지 못하는 감정을
나를 버려버리고 있습니다 기록적인 슬픈 눈이

녹아내리고 있다

*

오늘의 눈이 지나간다

사람으로 살아남기를 거부한 빛이
한낮이

사랑하는 마음을 상처 난 흰 과일처럼 쥐고 걸어간다

이곳에 더는 나타나지 않을 아름다운 사람을 잊었다

볕이 잘 드는 집에서 눈을 떴다.

결이 일정한 나무가 작은 직사각으로 짜여 만들어진 바닥 주위로는 내 머리카락과 웬 짐승의 털이 섞여 널브러져 있었다. 그것을 한 가닥 집어 손바닥 위에 올려놓자
어제 이 짐승이 한 무리 천사들로부터 나를 구해주던 일이 생각났다.

털은 내 머리카락과 한눈에 구분되지 않을 만큼 짙은 갈색이었고 오래된 자동차 기름 냄새가 났고 아직
온기가 느껴졌다. 이해할 수 없이 생생한

그것의 온도는 한밤중 우리가 도망쳐 나온 숲으로 한순간 나를 데려가주었지만

바닥에 흩어진 털들을 주워 한데 모을 때까지도
둘 중 하나가 운전해 이곳에 도착한 기억은
나지 않았다.

구석에는 흙탕물이 들고 구겨진 나의 트렌치코트가 엉성하게 개어져 있었는데 각을 잘 맞추지 못한 것으로 보아 이 짐승의 짓인 것 같았다.

창에는 여기저기 문을 닫으려고 애쓴

자국이 나 있었다.

나를 품에 안고 달리던 짐승의 손은 아주 억세고 커다랬다. 짐승은 이미 크기로 숲속의 천사들을 압도했었던 것 같고

뿔과 발톱이 그 자신의 사랑처럼 날카로웠으며 나에게 진정으로 필요한

상징

따뜻함이 무엇인지 정확히 알고 있었는데

숲에 살지도 않던 짐승이 그때 어떻게 마른 가지들 사이를 지나갔는지

천사의 차가운 링에 홀린 나를 한눈에 알아볼 수 있었는지 대체 지금 어디로 가버렸는지는 알 수 없었다. 문득

사이로 들어온 바람이 머리카락을 헝클어뜨렸고

아무 일도 없었다는 듯 허기가 졌다. 창밖은 고요했다.
코트를 다시 펴보는 나의 손등으로

아침의 빛이 쏟아졌다. 구둣발과 털이 이상하게 엉겨
붙어 있는 밑단이 보였다.

쇠 느낌이 나는 부분

아무런 느낌 없다고

내 시간
일그러진 내 얼굴 같은 건, 각 따라 접힐 때도 소리를 거
의 내지 않는 일본산 종이처럼 접어 가방 깊숙이 넣어두
면 된다고

기꺼이 늦으시라고
생각하지 않았다 나는

그렇게 충분한 옛날 사람은 아니다

조금씩 늦는 사람들을 기다리는 일이 나를 이 방의 벽
지
도자기
가구와 하나가 된 사람처럼
텅 빈 세계처럼 보이게 했지만
나무문을 밀고 옆모습
풍채가 당당한

첫 사람이 들어오는 순간 내 안 깊숙이 뭔가
만져지는

미숙하고 날카로운

그러니까 뛸 필요 없어도 한 바퀴씩 꼭
더 뛰는 그런
이상한

금속 끝이 쥐어지는
느낌

사람들이 마저 들어와 앉는다

금속은 꽤 멀고 깊은 곳에 떨어져 있었기에 한두 번 더
듬거리는 것으로는 찾을 수 없었지만 고개 숙인 채 그것
의 끝을, 기울기를 상상할 때마다 귓속에서 부드럽고 아
픈 소리
　큰 소리가 났어 옛날 사람도 아닌데

도대체 뭘 어째야 할지 모르겠을 때면 그것의
밑창에 의해 잔디가 다 뜯겨버린 내 안을 바라보았다
함성 냄새 아름답게 파헤쳐진 흙냄새가 났지

많이 기다렸냐고 아무도
묻지를 않네

정말 아무런 느낌 없다고

숨겨지지 않는 내
표정은
다른 용도의 스포츠

쉬인 것 같다

목재 느낌이 나는 부분

마음이 없어진 이곳에 과거의 마음들은
귀한 재료로 사용되었다

눈을 감았다 뜨니 세상은 이전과 같은 모습으로 다시
시작되고 있었고 나는
어떤 뜻도
목적도 없이 트럭 뒷자리에 올라

이 이상하고 부드러운 노동에 합류하였다

모든 작업이 끝나면 내게도
타지 않고 남아 있는 마음 가구로 쓸 만한
강한 재질의 마음을 선물로 준다고 했다

아침저녁으로 발굴되는 사람들의 사랑은 크기나 강도
빛깔이 너무 다양해 운반 트럭 위에 한꺼번에 모아놓고
보아도 제각기 눈에 띄었다

상스러워, 인부 중 한 명은 곡괭이를 쥐다 말고 말한다 그의 조부모는 함께 있을 때 안전한 기분이 드는 사람과 사랑에 빠지곤 했다고, 하지만 그건 두꺼운 얼음 한가운데 누워 살 썩는 냄새를 맡으면서도

사랑 없는 자식을 기르면서도 느낄 수 있는 기분일 뿐이라 그것들의

안감과 겉면을 덧대 겹쳐보거나 길이를 정확히 비교해볼 도리는 없었고 이제는 얼마나 깊이 묻혀

땅속 세계를 어떤 방식으로 해치고 있는지도 모르겠다고, 또한 이전 세상이 끝나기 직전 그의 코앞에서부터

조금씩

뒤척이고 덜컹이다 그의 몸 전체로 굴러떨어지던 조부모의 마음은 이제 가슴과 어깨에 길게 난 상처와 무관하다고

그는 작업 후에 다른 마음을 건네받고 싶다고 했다

자신만을 위한

더 날카롭고 환하고
예리한 마음 그것으로
애인에게 반지를 만들어 줄 것이라고 그의

사랑은 그런 것이라고

트럭에 가득 찬 사랑들의 광채는 꼭 그런 목표와 강도
로 달려 나가는 투지, 미래를 가진 것처럼
안전한 기분 따위 비웃는 것처럼 보인다

그럼에도 우리의 예감은 점점 확실해진다 이 지난한 노
동이 끝나고 그와 나에게 최종적으로 쥐어질 마음은 난로
밑에서나 우리의 가슴과 가슴 사이에서 결국 타버릴
곤두박질한 채 사라질 투명한
가능성을 지닌

어두운 목재 느낌이 나는 부분일 것이라고

gleaming tiny area

거실에 앉아 구슬을 꿰고 있다. 언제부터인지도 모르게 모든 것을 잊고서. 창밖은 엄청난 양의 눈으로 뒤덮이고 구슬은 바구니 밑이 다 보이지 않을 만치 가득하고. 지금도 그치지 않고 내리는 눈은 나무와 지붕, 죽은 동물과 지나가는 외투 위로 떨어져 이곳의 색을 점차 두껍고 단순하게 만든다. 귀퉁이부터 조금씩 창문이 풍경 속으로 사라져간다. 조용히 눈 쌓이는 소리 하나가 이 집 전체를 막는 벽이 되어버리는 건 아닐까 이토록 말투가 느리고 사나운 눈은 정말이지 처음 본다. 제일 높이 솟아 있던 동물의 귀까지 눈이 완전히 덮어버린 순간 꿰던 구슬 하나가 깊은 바구니로 떨어져 자기들끼리 부딪치는 소리가 난다. 벌어진

창틈 사이로 끼쳐 들어오는 동물의 냄새. 뼈가 굵고 크고 흰 것이었을 것이다. 잠에 들었을 때에도 어깨와 허벅지를 나의 두 손처럼 움직였을 것이다. 다른 날이었다면 보이지 않는 끝 저 눈부시게 손상된 빛을 따라 섣불리 움직이지는 않았을 것이다 한쪽으로 돌아누운 얼굴이 아직은 따뜻할 것이다. 헐거운 창을 어렵게 밀어 닫고 꿰던 줄

을 든다. 알이 큰 구슬은 투명한 녹색과 남색 하늘색이 섞여 들어간 것. 이것으로 목걸이를 만든다고 해도 여름에나 겨우 어울릴 텐데 대체 나는 왜 이 창가에 앉아 소용없는 구슬들을 영원히 꿰고 있는 것일까 굴절된 이것의 현실에만 집중할 수 있는 것일까. 바구니 속을 굴러다니는 바구니 속에 멈춰 있는, 그리고 실내의 공중에서 소리 없이 꿰어지는 구슬과 창밖의 뼈 사이에는 아무런

공통점이 없다. 그 느낌이 나를 꿈속처럼 약간 슬프게 한다.

gleaming
tiny area

겨울 연습실, 나는

춤추는 사람이고 여기까지 오는 길에 만나는 모든 무기
모든 곡선을 수집하지 오늘 모은 것은 도로의 커브 크고
작은 산의 능선과 운전대 빗방울의

사나움과 불규칙하게 고인 웅덩이
개의

젖은 털과 젖은 코 컹컹 젖은
음성 분홍빛 혀

구불구불한 그것들의 감정은 모두 불안정하고 불확실
하며
단조로운 생활에 가끔
재미를 느끼거나 화를 내거나 슬퍼하는 듯도 하나 대부
분 아무런 온도도 색도 없이 앉아 있곤 하지 그 탓에 주의
를 기울이지 않으면 자주 휘발된다 그러나

세계의 모든 곡선은 내 몸과도 같이

너무도 살아 있다 눈이나 코 귀로 수집한 것이 팔 다리
엉덩이로까지 수집되려면 그것들의 미세한 차이를 기억
하면서 몸을 움직여보아야 하는데
곡선의 성격
기울기가 내 몸과 일치되는지 피부처럼 완전히
겹쳐지는지 그도 아니면 자석의 반대 극처럼 튕겨 나와
내게로 받아들여지지 않는 종류의 것인지 체험해보아야
한다

실내의 열과 습도에 의해

새벽길에서 만난 곡선들이 변형되는 것을 막기 위해 난
방은 잠시 참는다 가방을 내려놓고 컬이 들어간 머리를
하나로 묶는다 연습실
사방에 설치된 차가운 바를 잡고

다리를 쭉 뻗는다

자동차가 도로의 커브를 따라가던 것을
비 내리는 차창 밖으로 부드러운
능선이 이어지던 것을
조금씩 선명해지던 빛을 기억하면서 천천히 아주
천천히

팔을 움직인다
시내로 진입하는 길목 하나를 다 메우던 커브는 그것의
육중한 슬픔 탓에 한 박자 늦게 꺾였으나
한번 꺾이고 나면 뒤도 돌아보지 않고 도로를 집어 던
지지도 않고 건너편에 심긴 풀이나 저주

팻말 때문에 다시 상처받지도 않은 채 자유로이 곡선의
흐름을 탔다 손끝이 발끝에 닿는 순간 무거움이 가벼움으
로 바뀌던 찰나의 순간 커브로 내리쬐던 해가 손톱 사이
로

파고들어 온다

손바닥을 펼쳐 등과 어깨 머리를 차례로 쓸어 넘긴다
구부정한 나의 등뼈가 거대한 나무와 바위들에 둘러싸인
듯 어두운
사랑을 받하듯

능선의 변덕스러운 곡선을 아직까지는 다 이해할 수 없
었으나 개개의 빗방울 단단한 몸체를 받아내는 것은 의외
로 쉽다 닿자마자 모습을 바꾸는 작은 허물어짐들은 내
춤의 속도와 맞다

세로로 좁은 연습실 복도에서 만난 수위실 개 해초를
닮은 갈색 털의 개는
막 그친 비에 온몸이 젖어 있었다 말려 올라간 털의 곡
선들은 내가 발을 구를 때마다 발목을 타고 올라오던 리

틈에 섞여 들어간다

비에 젖어 더 도드라지던 코의 동그란
윤곽이
웅덩이의 동심원에서 나의
턱에서 삐걱이며
돌며
몇 개의 잡음을 만들어낼 때면 나는

입안에서 내 혀도 살짝 굴려보는 사람

몸에 오른 열은 이내 식는다

입김의 선이 공중에 차갑고 부드러운 모양으로 맺히고
사나운 곡선들마저 갑작스레 도래한 한기에 몸을 떤다 잡
아둔 곡선들이 날아가지 않도록 이제는 온도를 높여야 할
때

라디에이터의 전원 버튼을 누른다

액셀을 밟듯
숨을 고른다

긴장했던 근육이 늦게 도착한 능선들이 부끄러움과 함
께 깨어나는 아침
창밖의 언덕과 모험심 없이 꺾인 무지개 인간의 장기를
닮은 라디에이터의 곡선들 속에서 나는 몇 개의 곡선만
겨우 수집되었음을 깨닫는다

gleaming
tiny area

나는 모릅니다.

내 안에 끝없이 허황된 설계도를 펼치고 길이가 전부
맞지 않는 면과 선 어두운

모서리를 세우고

거추장스러운 입체 공간을 사계절에 걸쳐

들여놓는 사람에 대해. 그 사람은 감독관이라 한 계절
에 한 번 얼굴을 비출 뿐이지만

어깨에 철근과 벽돌 콘크리트를 멘 채 이곳에 드나드는
모두가 그를 위해 일한다는 건 부인할 수 없는 사실. 부지
런한 그들 모두 내게 잘 대해줍니다.

그는 내 눈길 발길이 닿을 수 없는 곳에

가장 아름다운 가구들 섬세한 사랑으로 움직이는 양치
식물들을 둘 것을 지시하고

그것들 모두 그가 평생에 걸쳐 어렵게

공수한 것

티 나게 좋아한 것이지만 그가

누구보다 다정한 사람이라는 걸 나의 평면 설계도는 다
알고 있어요.

 윈 기둥과
 오른 기둥의 길이가 기쁨과 슬픔의 조금 움찔대는 구간
만큼이나 차이 나는데 집은
 지진이나 해일 부부 싸움에도 흔들리지 않고

 무너지지도 않고 그저 영원하게 낡아가고 있다. 계단도
장롱도 상상으로만 그려보는 검은
 식물의 실수 같은 그림자도

 열띤 기도처럼 내 얼굴로
 스며들고 있어요.
 모서리마다 투명히 고여

 썩어가고 있어요.

나이 든 인부 한 사람이 채 치우지 못한 문턱의 철근에
걸려 넘어집니다. 감독관 대신 나는 얼른 달려가
　괜찮아요? 묻지요. 철근의 끝은 날카롭고 목표나

　감정이 분명하고

　그곳에서 많은 내가 조용하게 살아가고 조용하게 죽어
갑니다.

4부

그다지 중요하지는 않은 한 시기가 뚜렷
하고 촌스럽게 흐르는

책상에 앉는다.

물의 흐름을 가두어 댐을 만들듯 나의 팔과 다리를
이 방의 가구로 붙박아 고정시키는 일

한낮의 빛을 집중적으로 받는

왼쪽 어깨만 죽이고 삭게 하는 일 그러니까 책상과 의
자를 발명해 처음 사용했던 사람들이, 정교하게 조립된
작은 나무 조각을 사랑한 사람들이 누렸던 것과 같은
　딱딱한

캄캄함을 체험케 하는 일은

내 안의 미개척지를 억지로 보는 일이에요. 제대로기억
나지는않지만나름대로좋은/날들이었지/그날들은쏜살같
이그리고부드럽게/지나가버렸다/그러니대체뭐가중요하
겠어/되돌릴수없담끝/인거지이중/뭐가/날살게하겠어 처
럼 얽힌

덤불을 열어

얼어붙은 흙밭

적의도
호의도 없는 눈동자의
곰 몇 마리
돌아다니는

마른 호수 가운데 맨발로 서는 일이다

여기서는 너머의 하늘도 폭포도
흘러가는 구름도 막힘없이 잘 보입니다. 이곳에는 이야
기가 없고
고통이 없어요.
곰들은 내 주위에 둥글게 자리 잡고 앉아 서로 쳐다보
지도 않은 채 엉킨 덤불을 씹어 먹고 구름이
흐르고

덤불은 빠른 속도로 줄어들고 나는
그 소리를 듣고 있자니 조금

외로워져요

발바닥이 멍한데
따뜻하다.

여태 찾아오지도 않은 옛날 시간

처음 맞닥뜨린 과거에
느리게

뺨 맞는

깊숙이
어루만져지는

얼척이 없다 곰을 닮았다는 이야기는 들은 적이 없는데 저 곰들에게는 마음을 끄는 냄새도 촉감도 없고 실제 나를 무너뜨렸던 슬픔보다 거대하며 움직임도 둔하다 나와 말도 통하지 않는데 그나마 기대했던 화도 제대로 못 낸다 그러나 차가운

흙바닥에 두 발을 조금씩 굴려 만든 완전하고 투명한 화가 있는 것은 분명해 곰들

어깨의 털로 쏟아지는 빛 모양이 캄캄한

웅덩이처럼

한낮의 호수 밑바닥처럼 조금씩

흔들리는 것을

흔들릴수록 편안해하는 것을 보면 알 수 있다 얼음과 더러운 잎사귀가 섞여 들어간 그것은 잘 깎인

유리 공처럼 보인다

얼음은 무리의 발톱에도 깨지지 않고

체온에도 녹지 않아

개척자를 상관하지 않는
자연같이 곰을 위한

가구같이

나의 말과 표정은 이 시원하고 아늑한 방 평범하고 불
안한 목재로 만들어진 책상 밖에서 이미 너무 많이 개척
되었고 사람들이 내게 세운 도시로 인해
얇게 늘어난 피부에 자꾸만 어지러운 철도 자국 구둣발
자국 콘크리트
바닥 자국이 찍힌다 그럼에도

책상이 강제하는 자세는 나의

팔과 다리만이 알 수 있습니다.

책상과 의자는 고통이 없는 가구 내게 호의가 있거나
유연하지도 않으면서 모든 신체의 어둠을 정확하게
　기억하는 이상한 가구

그냥 무시해버려도 괜찮을 시기의 것이지만요. 오늘 나
는 내려고 합니다 긴 세월 녹지 않고
　반짝이며 중심을 유지해온

화를

만지면 나만 춥고
나만 피곤해지는.
그러나 나만 아는 아주

둥글고 완전한

평범하고 차가운 재료들로 신축된 가정집

돌이킬 수 없다. 내 사랑의 진가를 판단해야 할 때
집이 너무 따뜻하면, 무생물이 내게 너무 잘해주면 실
수하게 된다.

똑똑하지 못해 내게서 버려진 나들은 모두

뒤늦게 아주 영악하고 차분하고
부지런해진다는 공통점이 있다.
그들은 작업복이나 우비에서 돋아난 차가운 날개로 움
직이되 전략적으로
휴식하며
서글픈 집중을 요하는 기술을 배울 뿐 아니라

자기들끼리 알아보고 한 뭉텅이 시끄러운
조금은 육체적인 과거를 이뤄 내게 사시사철 집 지어
주는 일을 시작한다. 그러나 그런 사랑을 마치고는 현장

에 결코

오래 머무는 법이 없어 그들의 수를 세거나

거주지를 알아내 재료를 제공하고 적당한 삶과 감정을 지불하는 것은 나란히 걷거나 앉은 채 고요한 시간을 보내는 것은 이미 불가능했기에 이 건축에는 일방적인 노동과 부담이라는 뚜렷한 한계가

성실한 기이가 있었다.

"눈물이 날 때는 화장실 안쪽 불을 켜고 사이하테 타히의 짧은 시구가 수놓아진 커튼을 쳐요."*

크고 단호한 커튼 안에서 잘 잤고 잘 울었다. 그들이 나를 잘 알고 있다는 사실이 불편하고 좋았다. 어제 완공된 가을맞이 가정집

막을 수 없던 것인지 계산된 것인지 비스듬히

기울어진 천장과 대들보가 특히 마음에 들었다. 처음엔 그러지 않았다. 처음엔 나의 싫은 내가 노동자로 미래로 콘크리트로 빠르게 복구되었을 때

무너진 부분마저 자연스러운 건축물이 되어갔을 때 그것을

마음껏 싫어해도 좋을지 알 수 없어졌을 때 어찌할 바를 몰랐다.

상처처럼 상처의 상징처럼 빛나는
아름다운 수도꼭지

내가 시키거나 택한 공포가 아니었다. 다만 저녁에 버려질 몇 명의 나에 관해 다시 검토하고

골몰하려 문을 열었는데 오늘 화장실 분위기가 너무 따뜻하다.

사랑이랄지 진실이랄지

처리를 미루고 미뤄 배수구에서만 진동하는 악취

애매한 과거를 주장하는 냄새가 온몸에서 난다. 다 모
르겠다는 말은 거짓말이에요. 늦은 정전에 눈을 감았다
뜨니 이미 나는 내게

딱 맞는 사이즈의 우비를 입고 있다.

* 필체가 가장 단정한 이가 현관과 신발장 사이에 남겨둔 메모. 그들 모
두 돌아가며 이 일본 시인을 읽었다.

무르고 사적인 나의 방

운동을 마치고 돌아온다. 돌아오는 길은 출발했던 길보다 짧고 지혜로운
꼭 그때뿐인 언어들로 이어지는 듯 어지러워.

사랑과
피곤이 몸에 맑게 고이는 것을 느낀다. 바른 자세로 걷는다. 내가 가벼워지는지 무거워지는지 모르겠지만 불길 같은
꽃나무가 거리마다 심기고 잊히고 조용한 10년이, 그보다 더 조용한 백 년이 지나

가지와 꽃잎들 아래 멈춰 서서 굳어가는 사람들
찬란한

여전한 생각들과 내가 불시에
만나게 될 때,

흔하디흔한
삶 충동

고요하게 제멋대로
기억되는 언어가

백 년 단위로
괴롭고 부드러운 자연의 빛으로

자기들 모르게 따뜻해지던
가장자리부터 속살까지 타들어가던 낮. 바람이 어두웠
고
눈물이 흘렀고
내가 기운 내며 땀 흘리며 본 것들이다.

침대로 흐르다
눈 속에서 무더기로 선명해지는 잠.

맑게
흉하게 몸에 고인 사랑은 통 나갈 생각이 없고

아마 당장은 어깨가 넓은

수호자가 필요하다.

시간의 상처를 받아들여야 하는 이 방의 가구들에게는
말 많고 고상한

수호성인이 필요해. 가슴에서 자라난 나뭇가지가 창문
을 뒤덮어 방의 명도를 서서히 낮추는 동안

아늑한 그늘을 만들어 추위를 내면서

새 빛 들여올 자리를 고민하는 동안 나는

사적인 기억에

나의 공간에 집중합니다.

손수건 접듯 쉽게 접히는 앙증맞은

사랑은 해본 적 없어. 작은 열매 하나 도자 하나 깨뜨린
적 없다. 그런데 백 년 동안 나만 알던 당신의 눈빛은 왜
항상 과장되고 기다란 형태로 남아 마지막 남은 나까지
사정없이 찔러대는 것일까. 운동하게

운동하지 못하게 하는 것일까.

방 안에 있으면 현재의 날씨를 겪으며 손발을 움직이며 미래를
　걷던 날들이 가장 어색하고 대단하게 여겨지고

　모든 것을 알고 있는 나는 돌아와 문을 닫고 이불을 덮는다. 흰 어깨의 수호자를 상상한다.

　새 빛의 불완전한
　빛을 받을 때, 아름답고 순도 높은 이 공격들로부터
　잊히지 않는 최종의 언어로부터

　오래된 나무 한 그루의 기분만큼 보호받는 밤. 침대가 좁아진다. 작고 물컹한 열매가 떨어진다. 천장이 벽이 사각형이 살아 있는 어두운 땀이 백 년 전의 나와 함께 차게 식는다.

　눈부신 꽃이 어둠 속에서 휘날리며 얼굴을 감쌀 때 당신은

끌어안을수록 슬퍼지는 사랑을 반드시 사랑하게 됩니
다.

봄.

운동을 마치고 돌아온다.

매일 새롭게 어지럽혀지는
빛나는 과거가 되어가는 방문을 연다.

공동 빛

머리 위로 어두운 구름이 흐른다. 세로로 높이 쌓아 올린 책장에서 무너진 책들처럼, 무의식적으로 접혀 삶과 죽음이 사선으로 나누어진 어느 작가 연보의 페이지처럼, 선의 기울기에 의해 가볍게 흐트러지는 작가의 결혼 생활과 전원생활처럼, 책이 흘린 그림자가 거실 바닥에 한 겹씩 달라붙어 개개의 공백으로 환히 썩어가는

알 수 없는 흰

숨의 전염처럼, 입안에서 어두운 구름이 흐른다. 산발적으로 밟는 페달

외래 나무 열매가 떨어져 구르는 소리가 들리고 붉어진 페이지들끼리는 스스로 머뭇대다 넘겨진다. 연보의 첫 줄 작가의 느긋하고 척박한 고향에 그림자가 드리우면 모자걸이에 어색한 면적으로 걸려 있는 새 마스크를 꺼낸다. 마스크의 표면은 구멍 뚫린 겨울 언덕처럼 아득하게 차갑고 몇 세기 전 작가의 얼굴에 비스듬히 걸치거나 겹쳐볼 수 있을 만큼 그의

희고 평퍼짐한 코를 곧바로 잊어버릴 수도 있을 만큼 그러다 결혼과 생활의 매캐한 연기, 모서리가 특별히 부드러운 죽음을 받아들이게 될 수 있을 만큼 창백하고 고

전적인 기운으로 반짝인다. 이 물건은 몇 세기 후 작가 묘비의 단단한 사선 현실의

구름을 건너 어렵게 도착한 것이고 거실에 흩어져 쏟아진 책들 중 그 어느 것에도 이 슬픈 물건에 관한 감상이나 정보가 기술되어 있지 않지만, 얼굴에 휘감기는 까슬한 굴곡과 곡선은 사랑과 병으로 마모되다 사라진 전원에 이미 가보았던 것 같다.

순식간에 전염되었다는 말은 영원히 끝나지 않는 푹신하고 어두운 구름 속을 걷는 것 같고 모르는 작가의 뒷모습을 따라 세로로 긴 언덕을 쫓는 것 과거를 조금도 찢지 못한 채 내팽개쳐지는 것 같다. 그곳 가지에 걸려 헤매는 마스크를 쓴다. 사적인 천의 표면 그림자의 기욺이 잔 속 얼음들에 갇혀 책 표지로 휩쓸려 빠져나간다. 느닷없이 올라오는 화와 졸음처럼 여러 방향으로 솟은 나무가 보인다.

gleaming
tiny area

 더 이상 미룰 수 없던 건물의 투명 엘리베이터는 이번
겨울 완공된 것

 엘리베이터의 네 면 중 세 면은 인적이 드문 겨울 공원
그 안의 빈 가지와 손잡이가 조악한 운동기구 조심스럽게
진행 중인 통화와 농구공 비둘기를 비추고 한 면은 천장의
인공조명 매끈한

 기둥들이 똑같은 나무들처럼 가득한 건물 안쪽을 향해
여닫힌다 버튼

 주위의 차가운 비닐들은 아직 다 뜯기지 않은 상태인데
반만 뜯긴 비닐은 임시로 생긴 작고 낮은 공간을 통해 때
때로 공원이 내보내는 엉거주춤한 햇빛을 가두고 어르고
구경한다 방치한다 한 층당 한 모금씩 나눠

 마셔버린다 애매한 자세로 오래 서 있던 비닐은 이곳에
서 답답한 버릇과 추억을 만들고 있는데 언젠가 누가 이
비닐을 예고 없이 벗겨버리면 여기 들어와 하룻저녁을 살
다 가던 기둥

 수동으로 지속되던 털 사람 공기 들은 어떻게 눌려 실려
가게 되는 걸까 낮이면 잠깐 얼룩덜룩해 보이는 강화유리
의

엘리베이터는 시시한 공원의 음모에 참여하지도 참여할
생각도 없어 보이고 아직도 비둘기들 사이에서 끝나지 않
는 저 사람의 겨울 통화를 중단시킬 의향도 없지만 세 면
이나 공원 곁에 붕 뜬 장소에 붙들려버린 바람에 비닐 사
이로 이 건물을 건물의
　내부를 겨울 공원 걷듯 살살이 걷게 된다

의자는

연속적으로 꾸는 악몽처럼 하얗다. 의자는 야구장 조
명처럼 하얗고 집중력처럼 하얗다. 의자는 스포츠 기록
의 슬픔처럼 하얗다. 의자는 짐을 다 뺀 방처럼 하얗다. 의
자는 악바리처럼 하얗다. 의자는 모순적인 문장의 아름다
움처럼 하얗다. 의자는 갈색 종이봉투에서 과자가 부서지
는 소리처럼 하얗다. 의자는 각진 유리 케이스 안의 도자
기처럼 하얗다. 의자는 수수께끼처럼 하얗다. 의자는 각
설탕 더미처럼 하얗고 복잡한 과거사나 가구에 긁힌 상처
처럼 하얗다. 의자는 어색한 강의실에서 배우는 외국어처
럼 하얗다. 의자는 동시대처럼 하얗다. 의자는 의심처럼
하얗다. 의자는 광고 카탈로그에 인쇄된 피서지의 환상처
럼 하얗다. 의자는 식물의 뼈처럼 하얗다. 의자는 센티미
터 단위로 하얗다. 의자는 근현대사 교과서의 어리둥절한
얼굴들처럼 하얗다. 의자는 도서관에서 도서를 분류하는
방식처럼 하얗다. 의자는 함성처럼 하얗다. 의자는 끝없
이 구르는 구슬처럼 하얗다. 의자는 밤처럼 하얗다. 의자
는 술병에 담긴 뜨거운 술처럼 하얗다. 의자는 노인의 거
동처럼 하얗다. 의자는 스모그처럼 하얗다. 의자는 이해
받을 수 없는 영역처럼 하얗다. 의자는 관에 비치는 조문

객들의 차림처럼 하얗다. 의자는 심한 말처럼 하얗고 의자는 장작 타는 냄새처럼 하얗다. 의자는 열이 식어가는 속도처럼 하얗다. 의자는 양배추처럼 하얗다. 의자는 결혼식 전날의 두려움처럼 하얗고 의자는 속기사의 손가락들처럼 하얗다. 의자는 한밤중 나눈 약속처럼 하얗다. 의자는 멧돼지의 눈동자처럼 하얗다. 의자는 철물점 구석의 쇠막대처럼 하얗다. 의자는 무서운 이야기의 중간처럼 하얗다. 의자는 처음으로 부모님 없이 세운 텐트의 중심처럼 하얗다. 의자는 도둑이 흘린 발자국처럼 하얗다. 의자는 3단 케이크의 체리 장식이 무너지는 순간처럼 하얗다. 의자는 포크처럼 하얗다. 의자는 부자유처럼 하얗다. 의자는 몇 개의 화석으로 요약된 선사시대의 낮과 밤처럼 하얗다. 의자는 다이빙대처럼 하얗다. 의자는 수군거림처럼 하얗다. 의자는 뒷골목에 버려진 악보처럼 하얗다. 의자는 한밤중 드러난 허벅지 상처처럼 하얗다. 의자는 허기처럼 하얗다. 의자는 책꽂이에 거꾸로 꽂힌 책처럼 하얗다. 의자는 모두에게 인정받은 사랑처럼 하얗고 의자는 갑오징어의 빨판처럼 하얗다. 의자는 비료 포대처럼 하얗다. 의자는 억지로 참은 잠처럼 하얗고 X선처럼 하얗다.

의자는 현재형으로 하얗다. 의자는 장정된 자서전의 두께처럼 하얗다. 의자는 실망처럼 하얗다. 의자는 구석에 처박힌 전선들처럼 하얗다. 의자는 사교적인 사람처럼, 교통사고 현장처럼 하얗다. 의자는 상상 속의 포물선을 그리며 하얀 상태다. 의자는 누군가 떠벌린 나의 과거처럼 하얗다. 의자는 냉장고 안처럼 하얗다. 의자는 화장실 방향제의 강력한 향처럼 하얗다. 의자는 배신당한 두 사람처럼 하얗고 몽유병자의 몸짓처럼 하얗다. 의자는 시트콤처럼 하얗다. 의자는

벽돌방 뒤 복도

잎 마감이 자유롭고
부분과 전체가 정교하게 세공된
인조 덤불을 받았다.

방문 시간도 주기도 꾸준한
노년의 방문자로부터 전해 받은
이것은
소품 같고

잘 관리된 집 안 같다.

가는 줄기와
그보다 가는 줄기
다시 보통 줄기가
비좁은 복도를 걷듯 차갑게
얽히는 모양

예상치 못한 각도로 뻗어 나가는 머리와 차분한 성미마
저 완벽히 계산된 덤불은

주거와 생활에 능숙해 보인다. 진짜 덤불만큼 푸르고

강인해 보인다.

아무리 멀리 떠나더라도, 자연이나 인간에 한없이 가까
운 단어를 떠올리더라도
오래 비어 있던 방은 소품처럼 성실한 한기로 가득 차
있겠지. 흐릿한 새집에 이르기까지 무심하기
가꾸기를 다한 삶은
스스로에게 무엇을 주고 싶을까.

주기 싫을까.

누군가에게 점차 의존하게 되는 마음, 북향과 남향이
번갈아 흡수되어 환한
재해로 늙어가는 얼굴이
어느 작품에서도 아름답게 표현된 적 없다는 사실. 그
사실이 내 오래된 방과

복도,
방문자를 찌른다.

활보하며
멈추며

빛 배열을 바꾼다.

✦

바닥에서 천장까지 뒤덮은
자재들의 어두움에는 여기 누운 사람만이 알 수 있는
접합부의 규칙 자기중심적
소용돌이가 있고

나는 소용돌이의 선명한 한 부분으로
걸어 들어가
거닐다 뛰다
덤불처럼 조금씩 닳아빠져야 하는 삶이 되어

잠든다.

말투가 피곤해 사랑하는
나의 오래된 작가들이 차례로 택하여 살다 간 침대, 온
갖 질병과 지루함과 속옷의 역사를 잊지 않는 이 침대에
서 인조 덤불을 키우다 때때로 방치하다 내 의지로 잠든
나는
벽돌방 뒤 복도를 오가는

느슨한 걸음.

열심히 멍한 내가 꾸는
꿈에서
나의 노년기는

자유로워 보인다.

한날한시 구워진 벽돌들끼리

줄기를 이뤄
어린 방문자를 보호하는
아치 아래서.

잘못들

한 면을 다 덮는 모직 커튼

검고 부드러운

부끄러움은 종종 내가 만나거나 살아본 적 없는 가족을
이루는 소리를 내고
나는 혼자 써 충분히 아늑하던
거실에 앉아

듣는다 굵길수록 불어나는 비대한 식구

좁아진 소파에서 자기들끼리 부딪치다
굴러떨어지는 소리

그것은 돌이킬 수 없는 사랑의 끝 길고 미지근하고 이
상한

해프닝 같다가 늘어진
노인의 살들처럼 단조로운 슬픔

맡아보기 전부터 아는 냄새 같다

싫다
나는 당신들과 조금도 닮지 않았어

내 힘으로 커튼을 달고 소파를 옮기고

해가 들어오는 가장 좋은 시간 가장
좋은 자리를 찾아 기댄 채
따로따로 밝아오는 아침을 활기차게
맞았을 때에도

당신들은 나와 함께하지 않았어

이대로 늙어가고 지속될 것만 같은 미래를
약속해주지 않았어

끝없는 아름다움은 왜 끝없는 당혹감이나 슬픔만큼 같

은 자리에 오래 버티고 앉아
　개표 방송 보듯 함께 확신해주는 사람들이 없을까 왜
　잘하고 싶었던 마음

　내 것이라 착각하던 최신식 소파는

　혼자 옮길 수 없을 때만 골라
　가죽을 터뜨려
　숨 죽은 솜
　날카롭고 어두운 스프링을 쏟아내는 것일까

　식구들은 배가 고프고 식구들은
　완성되기 직전의 괴상한

　아름다움을 닮았고

　아무거나 먹여주거나 재워달라
　재촉하지 않는다 그들의
　수치심 안쪽에 달려 사정없이

흔들리는

모직 커튼을 젖히면

그들이 연습해온
차마 춤이라 부를 수는 없는 추하고 너그러운 노인들의
체조를 볼 수 있는데
기이한 각도로 꺾여 뒤섞이는
그들의 팔과 다리
엉덩이가

사랑들처럼

서로 상처 주는 사람들처럼
가까워 보인다

땀

조용한

복잡한 반짝임

커튼 먼지가 그들의
어깨를 피하다
휘감다
텅 빈 거실로 내려앉는 동안 나는
볕이 들어오는 소파에 앉아

내가 했던 몇 가지 일들

몇 마디
말을 떠올린다

느린 상처

딴생각은
이 순간 나만을 위한 집을 짓겠다는
노련한 목수나 인부의 의지로부터 온다.

개중 복도가 길고 구조가 복잡해
낮에도 길을 잃어 가슴 아픈 집들은 아름다운 날씨와
풍광 속에서 가장 빠르게 만들어진다.

정오. 귓가에서 뻔하고 행복한 음악이 흐르고

친구들 결혼식에서 멍해지는 순간이 있다.

5부

따뜻한 폭포

처음 그것은
조심스럽고 부드러운 세기로 시작되었다 그것의 속도
와 온도 그리고
눈치 보는 어조는
너무 부풀거나 너무
냉담하던 내 마음을

설명할 수 없이 우유부단하고 착한 애인처럼 어루만져
주는 것 같았고 그것 속에
잠시

잠겨 있을 때 내
어깨는 약간

귀찮게

그래도 기분 좋게 잠을 깨우는 슬프고 평범한 이미지의
햇빛 속에서 아침을 맞는 것 같기도 했다

이마로

발가락 사이로 그것의 맹맹한
언어가
느낌이 조금씩
떨어질 때면 그것은
내가
살아 있는 인간, 어딘가 부러진 심지를 지닌 생물이라
는 기분을 느끼게 해주는 부드럽고
미지근한 폭포였는데

그래서 별생각 없이 그것을
집 안으로 들여
세탁기와 베란다 사이 좁은
거실 구석에서 신기한 마음으로 방치해보기도 했는데

아침부터 비가 내리던 어느 날
거실
어둠에 잠긴 작은 폭포의 입구가 들어가보지 않을 수

없을 만큼 환하게
빛나고 있었다 그리고

물줄기 속에

웅크리고 들어가 물을 맞으면 맞을수록 그것의 세기와
온도는 미세하게 달라지는 것 같았다

구름으로 그림자로 더 좁아지는 거실과 함께

폭포 속은 정적처럼 차가워졌고

무심한 나에게 지쳐버린 듯한 그 정적이 내
귀를 시끄럽게 만들었고

이제 그만하라고 외쳐도 몸을 더 작게 움츠려도 물줄기
가 사방에서

내 몸을 때리는 것 같았지만
이상하게도

폭포 밖으로 바로 빠져나갈 마음이 들지 않았다

나를 비난하던
내가
스스로 들어올 때까지 기다리던
조금 전까지 너무나
부드럽고 따뜻하던 그것은

나의 수치심

미친 듯이
신나서
나를 때리는

지친 거실에
잠들어 있던 상처에 요새가 되어주고

내가 카탈로그 속 평범한 아침을 맞을 수는 없는 무거
운 인간, 어딘가
과잉된 생물임을 느끼게 해주는

도형이 되고 싶었던 폭포

애매한 애정 문제도 공업용
자 없이
눈대중으로 판단하는

삼 사 오 육 칠각형······으로 정리된 폐허를 더는 뒤돌
아보지 않는 사람들은 진실로
아름답습니다.

*

빼곡히 이어지는 산 그 앞에
서랍 속
기름종이같이······ 성능이 조금 떨어졌으나 여전히 바
로 아래 종이에 제대로 겹쳐지기는 하는 얇고 오래된
기름종이같이 비쳐 흐르는 흐릿한
기쁨 흐릿한 슬픔 산······
나무 산······ 나무······

이유를 당장

뚜렷하게는 알 수 없어도 곧

어느 사람에 관한, 피로하고 영원한 후회로만 점철될
인생이 노쇠한 몸을 기울여 만져보는

마지막으로 쥐고 누려보는
축복 같은
기쁜
저주 같은 장면 속으로 드라이브를 떠났던 겨울

무심결에 0.5센티미터 열어둔 차창 틈으로 들어오던 겨
울 모기들이며 제 스스로 몸을 젖혀 환하고
각진 얼음처럼
관절을 곧추세우던 어스름, 아직 따뜻한 무릎 위의
롤빵
침엽수보다 검고 뾰족하게 자라나던 농담들…… 멀리
서
갑자기 조금 가까이서

나무 타는 냄새

반 정도 만져지는 선분들이 대표적으로는 계절의 이런 뻔한 목록입니다만 이와
비슷한 모든
따뜻하고 싱거운 잔상은 미래의 폐허 속에서 각기 다른 도형이 되었고 아마
둘 중 하나는 그날 유독 평온하게
느리게 도는 피 속에서
히터가 답답하게 돌아가는 차 안에서 이렇게나 허무하고

단순해질 미래를 어렴풋이
알았던 것 같아요.

폐허가 내뿜는 냄새는
조금 전의 판단을 헷갈리게 하는 무시무시하고 서사적인 여운은 이미
그들의 것이 아니지요.

*

  그들이 남기고 온 적막한 도형들은 사막에 흩어지는 뼛가루들처럼 맡자마자 날아가는 가루들의 냄새처럼 리듬 없는 춤을 추며 사라지게 되어 있습니다. 그러나

  그곳에서부터 날아온 공기는 나에게 늘
  대답하라고 했어요.

  너의 도형은 몇 개의 각으로 이루어져 있냐고, 뒤돌지 않고도 알 수 있냐고

  일그러진 표정 없이 바로 서서

  앞을 볼 수 있겠냐고요.

드라이브 마이 카°

멈출 수 없을 것 같지

아무도 멈춰주지 않을 것 같지 이대로
사는 걸

*

통째로 긁히거나 뭉개지기에 이 세계는 너무나 고상하
고

한밤중 눈을 뚫고 전속력으로 달리면 가끔은 어떤 유의

아름다움
어떤 유의 살의도 느낄 수 없어

느슨하게 벌어진 나의 상처 사이로 경광등 빛 뒤섞이는
속도가 너무 빨라서
앞에서 뒤에서 동시다발적으로 나타나
허공을

쥐고 허공을
가늘게 긋는 그것의 패턴이

지나치게 사적이어서

그리고 그 빛이 늘
고속도로만의 신랄한 자세를 새벽까지
지속시켜서

운전대를 잡았다
꿈에서도 본 적 없는 길이 나올 때까지

조용한 사람들 같은 엔진 소리를 들었다

가지를 최대한 길게 뻗는 방식으로 내면을
풀어헤치는 가로수
어둠에 잠긴 테이블과 식기가 다
들여다보이는 가게들로부터 더는

발견되지 않을 때까지

                              *

교차하며 교환되는

몇 개의 도로

수없이 많은 차창에 달라붙는 수없이
희고 무력하고

난폭한 눈송이

주위를 둘러싼 차량이
신호가
눈밭으로 번지는 헤드라이트 빛이
희미함과 또렷함의 정도가 계속해 바뀌어도 마트료시
카 안처럼 똑같이 느껴지는 도로 위에서
믿었다 내 자리가 부드럽게 지워지는 단순함을

빛의 무게에 눌려 눈앞의
잔가지가 조금씩

부러지는 속도를

*

물이 아래층으로 흐를 정도의 물청소 금지°°

 차를 세우고 처음 들어간 건물에는 층마다 무섭고 따뜻
한 안내문이 붙어 있었지 청소를 시작하면 도저히 물을
멈출 수 없을 때가
 확실하고 졸리고
 차분한 물의 속력을 멈출 수 없을 때가 그래서 아래층
사람을 슬프고 곤란하게 할 때가 있었는데

 어느 때가 되어서는 내가 서 있는 층과 아래층 사이의
계단을 떼어내야 하는지

물과는 다른 점성의 언어 다른 온도와
농도의
감정을 택해야 하는지 뒤틀려 엉킨 호스에 먼지가 쌓이
도록 방치해두고 움직이지 않아야 하는지 어디서부터
멈추고

시작해야 하는 것인지 알 수 없었다 그냥 떠나기에는
내가 머문 층이 너무 복잡하고 너무 더러웠어

충분히

치우지도 울지도 못했어

층간에 세로로
작게 나 있는 창을 여니 어두운
눈송이가 쏟아져 들어온다 아무도

멈출 수 없는

내구성이 좋아 혼자서는
상처 입힐 수 없는 세계가 두 손에

도로에 투명하게 나뉘어 떨어진다

                    *

아침까지 눈을 뚫고 전속력으로 달려도
피곤한 빛으로 계속되는

건물에 가로수에 도처에 널려 있는

따뜻한 차가움

멈출 수 없을 것 같지

° 무라카미 하루키의 소설이자 하마구치 류스케의 동명 영화.
°° 빌딩(서울특별시 중구 퇴계로44길 1) 2층과 3층 사이에 붙어 있던 안내문.

작은 사랑의 장소

빛이 너무 많아
다 타버린
사랑과 더불어
열고 닫는 동작만으로도 세계는 피곤하고

가깝고 레슬링하듯
복잡해질 것이다

나는 내려다본다 나와 함께 있다가 정수리가 2센티미터
찢어진 사람을.

번지는 나무
국립 산림원처럼 이미 조성된
피의 조용함

요철에 부딪치지 않도록, 인간의 머리가 늘 충분하게
애매한 높이와
크기와 강도로 이루어져 있다는 사실을 잊지 않도록

조심해서 지나야 하는 철제 난간 밑이었고 그곳에는 오
랜 사유지로 통하는 문

너무 얇아 지루해진 피부의 비밀이 있었는데 난간이 머
리를 관통한 순간에도 그 사람은 진행 중인 행복처럼
무리 지은 나무들처럼 조용했다. 보폭을 지키며

팔다리를 흔들며 걷던 대로 걸었고

웃을수록 어두운 소나무 향
쇠냄새가 났다.

찢긴 형태가 주는 당황스러움은 왜 플래시 불빛에도 좀
처럼 사라지지 않을까. 그러나 다행스럽게도 2센티미터는
숨거나 수치스러워지기엔 조금

부족한 길이.

피는 느리고 피는

빠르고

안았던 사람의 피를 닦아주면 나뭇가지끼리 부딪쳐 뭉
개지는 소리가 난다. 부드러우면서 난폭한

스포츠를 하는 것 같다.

내려다볼수록 무력해지는

인간의 머리.

정수리의 상처는 한밤중에도 미안하고 아름다워 나는
그것이 낸 문을 조심스레 연다. 아무도 온 적 없는

국유지를 돌아다닌다. 한 발씩

오롯이 나 혼자만의 힘으로.

未來山房

이렇게만 살았으면 좋겠다. 오늘은 당신과 신경을 어둡
게 기울여 내용 없는 기도하듯 고개 숙인 채
　이음새가 망가진 그리운 정원 우리의
　상처보다 아담한 그릇에 마늘과 간장을 덜어 먹었다.
깨끗하지만 외로운 돌들이 생활의 작은 감정 자연의 확실
함을 포기하는 소리 자기들 정원 쪼개는 소리가 났다. 나
는 이제 편안했지만 돌들의 파편 희고 검은 뿌리들

　찌그러진 모양으로 빛이 다 새는 공기 방울들 그러니까
나의 한 시기를 치워주는 사람은 볼 수 없었고 내 자매들
이 등 뒤에서 울고 있음을 알았다.

　그릇보다 오래 남는 사랑에 의해
　새벽 원한에 의해
　이 뜰 전체를 사버린 사람들을 위로해주던 식사였고
　혼자인 산책이었고
　서른두 살의 당신 반은 지쳐 보였으나 반은 자신에 차
보여 나는 마늘이 아름답게 갈라지는 소리를 들으며 마지
막으로 짧게 기도하면서

오늘 살아남은 이 정원을 위해 무언가 선택했다.

—

이마를 누르는 차고 착한
돌.
당신과 내가 살아갈 집에 비가 내리자 황급히 일어서는
당신의 허리로 비좁게 넘어지는 식기로
책등으로 검은빛이 비치다 사라진다. 머리가 하얗게 센
우리가 한낮의 창가에 앉아 빗소리를 듣는 사이 간장 통
을 꺼내 간장을 따르는 사이 인간다운 감정이 조금 부족
한 우리의

정원
새벽 비가 파헤치는 나의 오랜 삶이 깨어나 허리에 두
른 붕대를 점차 뜨겁게 한다. 날아오는 파편 변함없이
무르고 무서운 기쁨. 우리와 함께 늙어온 그릇을 어제
당신이 공들여 닦는 동안 나는 동네에서 칼을 맞았는데

그때 내 인내도

　분노도 다 다시 죽었는데 나만 이렇게 살아* 당신과 나
란히 빗소리 듣고 있다.

　　　　　　　　　　　–

　부서져 흩어지는 나의 많은 정원들. 자매들이 울고 순
간만 환한

　비가 내리고 주장하듯

　다 드러난 뿌리 앞에서 나는

이렇게만 살았으면 좋겠다.

* 가슴에 풀이나 공기 방울 수가 모자란 할머니 넘어져도 아무것도 상하
거나 쪼개지지 않는 할머니 빈약한 자세를 정원을 가진 할머니 걷는 소
리 안 내면서 걷는, 영원히 착한 사람과 사는 할머니만 노리는 범행이라
고 했다.
외로움도 기쁨도 모르는 노인은 죽어버려! 외치던 사람.

소라의 성

양보도 너그러움도 모르는 풀을 헤치고 우리는
성으로 간다

꿈속에서 반복 재생된 기억처럼 기억의 얼룩진 그림자
처럼 물컹하고 부드러운 그 그림자가 나를 해하는 속도처
럼 단순하게.《김중업》태어나기 전부터 이 성을 돌아다녔
으며 죽어서도 매일 아침 2층 계단에 올라 자신이
　설계한 요새를 소용없이 빛나는 거짓말을
　외벽의 곡선과 흰
　자갈 무늬를 내려다보는 건축가처럼, 건축가의 오래된
이름처럼 사무치게.

　완벽한 원형의 아치
　얼굴보다 빳빳한
　종이에 아치를 그렸을 손

　화산암 아이보리 그물 회반죽 오크, 눅눅하고 과잉된
자재를 성 전체에 깔끔히 발라낸 사람이 표정을 숨긴 채
돌아다니는 이유는 주머니에서 망치를 꺼내 특별히 사랑

하는 부분을 아직도 몰래 부수는 이유는 뭘까 김중업은
자기 이름을 좋아했을까

  누구나 마음속에 오래된 성 가는 길이 험해 잘
  보존된 성 현무암질 성 슬픔의 성 정직한 자세로 걷는
관광객들에게 들키고 싶은 성 하나쯤 있지

  그러나 꿈속에서 한번 죽거나 다른 사람으로 끝까지 살
아보기 전까지는 그것의 입구를 찾을 수 없고

  내 기분에 확신이 부족할 때마다 스스로
  거칠게 건축되는 빛

  여전히 2층 계단에 기대어 선 채 바다 절벽을 바라보던
김중업이 우리를 넘어뜨리며 지나갈 때 그러곤 뒤도 돌아
보지 않을 때

  건축가는 건축가의 일을
  어둠은 어둠의 일을 한다

공동 거실

픽셀에 들어찬 길쭉한 얼굴들을 봐

우리는 각자의 방을 막 오려낸 누더기처럼 메고
안경을 쓰고
디지털 창구 앞에
밤 근육을 모으고 앉는다 우리는

우리의 사랑보다 조금 늦게
화면을 켠다

몰래 해도 흔적은 남으나
쏠린 감정
무거움의 것은 아닌
작은 소리와 움직임으로만 남는

식사의 제스처

환한 잡음과
시

책상 위를 어슬렁거리는
꼬리의 종류
드러나기 직전의
책장/인형/스테이플러/컵
물속처럼 웅웅거리는
웃음들

미움들

인간적인 단위의 픽셀로
회색 고양이 꼬리로
사이를 끌어모으고 있다

적당히 내보인 채 적당히
알 수 없게 만나는 근육은 결국
따뜻하게 뒤틀려

천장으로 부푼 안전
비스듬한 벽으로 결성된

공동 거실이 되지

겨울 목요일 우리는 매주 시를 읽는다

우리는 서로의 방 바깥을 영영 알지 못할 것이며
차갑게 느슨한 기분
스테이플러의 심조차 대신 바꿔 끼워주지 못할 것이다
스스로 쏠리고 무거워질 것이다 그러나 우리는

지금 너무나 아름답고 일시적인
근육질의 창구에 있다

좋아하는 생각

송곳니들이
자고 일어난 사람들처럼 놓인 작은

철제 함을 열었어.

사람들은 몸을 일으켜 어디로든 가버리거나 죽거나. 그
렇게 마음에 드는 곳을 찾아 아예 돌아오지 않을 수도 있
었지만 당장은 귀여운
감옥인 여기
더 누워 있길 택한 것처럼 보였고
한 방향으로 모인 그들의 다리로 게으르지만 확실한 그
뜻을 드러내고 있는 듯했다.

낙심할 일이 없을수록 해는 빨리 지는 것 같아. 함을 타
고 들어온 이른 저녁의 볕이 송곳니들의 머리로
머리로 내려앉았을 때 나는

좋아하는 남자를 생각했어. 남자의 방을 생각했어.

남자의

방 곳곳에 놓인 너무 많은 가구가 언젠가 자기들 내면
의 오랜 방을 찾아 떠나버리는

다른 가구들을 사거나 얻어두려 해도 뚜렷이

알 수 없는 이유로

모두 그늘이 잘 들고 자리가 넉넉한 그 방을 견디다 못
해 썩고 죽어버리는. 그래서 그와 나

환경 변화에 게으른 둘만이 남아

서로가 서로의 조금 부족한 목제 가구가 되어주는. 어
쩌면 송곳니에도 존재하는 어리숙하고 부드러운

표면 같은 잠을 공모하는

부부 같은

그런 꿈과 함께 깨어나면 다시 잠에 들 수 없다.

기대하는 일이 없으면 빨리 지는 해도 존중하게 돼. 다
리를 한 방향으로 모은 채 뒤척이게 된다. 나는 오늘도

다리가 긴 값비싼 가구 내가 질투하는 가구 들로 가득
한 남자의 방문을 열어.

오케스트라

나무껍질에서

얇고 연한 빛깔로 조금씩 어긋나 있는 선을 잇다 보면
사각의 테두리가 나온다
나무의 집 안으로 들어갈 수 있는 문인 것이다
열쇠도
문고리도 없는

그것이 손바닥의 온기만으로도 쉽게 밀려서 나는 엉거
주춤 안으로 들어간다
나무의 집은 생각했던 대로 아주 조용하고
아주 어둡다

나보다 먼저 들어와 있던 아이들은 거실 유리창에 이마
를 붙인 채 저물어가는 하늘을 바라보고 있다

거실에 흩어져 있는 구급상자
과자 부스러기와
칠이 벗겨진 심벌즈

차례차례 노을에 잠긴다

놀이도 싸움도
한창인 오후도 이미 끝난 것
아이들은 나에게는 눈길도 주지 않고 하늘이 완전히 검
어질 때까지 어쩌면 유성 같은 게 떨어질 때까지
창밖을 본다
나는

나무를 위해 혼자 집을 치우기 시작한다

최대한 소리 내지 않고
바닥을 닦으며 상자를 옮기는 동안 이따금
들려오는 새소리

청소를 마치자마자 아무도 모르게 그곳을
빠져나왔고

어른이 될 때까지 나무의 집으로 다시는 들어가지 않

왔다

먼 훗날
나에게 어울리는 악기가 플루트라는 것을 알았고
은빛 악기와 함께 오케스트라에 설 때면
나무가 많은 숲에 있는 기분이 들었다

언젠가 나와 함께 연주하는 단원들의 이야기를 듣고 놀
랐다 그들은 모두

어릴 때 나무의 집에 들어가본 경험이 있었다
그들은 모두 늦었었고
너그러운 나무를 위해 그 집을 혼자 청소했지만
나무의 집에서 빠져나온 뒤로도

그때 다른 아이들이 이마를 붙인 채 본 것이 무엇이었
을까,
귓가로 들려오던 게 정말 새소리였을까, 나는 언제까지
말없이 청소하는 사람이어야 할까. 궁금해하던

원하는 게 있던
조용한 아이들이었다

6부

폭포 열기

1

흑백사진 속 여자는 수영복 차림이었어. 슬프거나 섹슈
얼한 느낌은 전혀 없이
보디 슈트에
도토리 같은 수영모까지 맞춰 쓰고 있었지. 수영을 막
마치고 온 걸까?

비웃음
무례, 약간의
충격. 그런 걸 겪어본 적 없는 얇은 두께의 인화지를

급습해 뚫고 나온 듯, 모든 것이 흑백인 그곳에서도 가
장 검다는 것이 느껴지는 바위에 걸터앉은 그 여자는

카메라의 방향을 조금 비껴간 채 웃고 있었어. 그러니
까 검은 바위 검은 모래 검은 풀숲 검은
물 검은
시간들 검은

구름과 더는 섞이지 못한 채 수영모의
흰 곡선

조용하지만 활달하게 자글거리는 테두리를 그리며 사
진으로부터 밀려 나오고 있었다. (그 미세한 테두리가 사진
을 때로 합성으로 보이게 하는 듯했다.) 여자 입가의

빛
그림자
물기는 서로의 자리를 차지하려는 야심이나 다툼
움직임 없이 칼처럼

조심스러운 행복처럼 멈춰 있었고

이 사진을 인화한 기계는

모든 면이 너무 날카롭게 깎인 바위를 제대로 살피지도
않고 앉아버리던
흐린 날에도 오래 수영하던 여자의 삶을 멈춰야 했어.

눈에 띄지는 않지만
　보디 슈트와 연결된 내면의
　부속 무언가가 영영
　손상된.
　도토리

　한 알만큼 축복받은.

　풍경에 가끔
　져주는 법을 잊어버린

　자신에 찬 삶을.

　바위는 몸을 부풀려 절단면을 더 뻔한 방식으로 넓히고
자 한다. 자신의 피부를 뚫고 들어오는 쓸쓸한 악의에는
조금도
　관심 없는 사람의 손바닥을 위해 바위는

　지친 채 할 일을 했지. 뾰족하게 갈린 면이 여자의 손바

닥을 천천히 관통한다. 아마
    파란색이나 초록색 보디 슈트를 입고 있었을
    흐린 낮의 즐거움에만 집중할 수 있던 여자를
    기계는
    그 순간 질식시켜
    눌러야 했다 쉼 없고 헤어 나올 길
    없는 잉크로.

    암실의

    이해에 깔려
    시간이

    잠깐 죽는다.

    그렇지만 인화 후에도 여자의 시선 끝에는 스스로를 다
시 옛날 사람으로 돌려놓을 만한 누군가는
    그토록
    괴롭고 특별하게 번지는 사건은

없는 것처럼 보였어. 바위를 짚은 여자의 오른손엔 세로로 긴 상처가 나 있었다. 1970년 여름의 맥없는 셔터 소리가 끝나고 나서야 시작될 통증

통증 직전 기록된 이상한 천진함

이 여자는 내가
갖고 싶은 옛날 여자의 이미지야.

2

어느 순간 여자가 결혼을 하고 자식을 낳고 장성한 자식들의 사랑과 존경
다정한
신기루 같은 지원을 받아 나이아가라폭포에 가는 모습을 상상해. 지금은 캐나다 겨울의 한가운데고 꼭 그날처럼 날이
흐리고 약한 비와 함께 진눈깨비가 섞여 내리고 있어.

어떤 자유도
　억울함도 없이

　공중에서 차분히 내리는 물
　그리고
　깨어나지 않는 긴 잠을 자는 것처럼 마구

　성을 내며 쏟아져 내리는 폭포의 물이 교차하고 부딪쳐
지금으로 건너온 것 같다고 여자는 생각해.
　거센

　폭포의 물줄기에 매점에서 산 싸구려 우비를 입고, 우
비 색이 1970년에 입었던 소년 느낌
　보디 슈트 색과 비슷하다고 생각하며 슬며시 웃으면서.
우비의 모자를 내려
　진눈깨비와 폭포수 검은
　바람을
　얼굴로 동시에 맞는

캐나다 야외 암실의 여자 앞에

영문 모를 자식들이 같이 가요 뒤따라 와도 거듭해 그
때의 바위로. 오랜
수영으로 흑백으로부터 분리된 환한
흑백으로
모래로
풀숲으로
사방으로 폭력적인 물줄기가 뻗어 나오는
어두운 폭포 사이로
주위는 제대로 살피지도 않은 채 혼자 걸어 나가는 여
자. 사진 속에서
한 번 죽었던. 죽었다는 사실도 도토리 한 알 떨어뜨린
듯 아주
잠시 동안만

집으로 돌아오는 동안만 아쉬워했던 여자.

여자는 의식하지 못했지만

풍경을 이겨야겠다는 생각

  마음이 상한 바위를 피해 앉아야겠다는 생각 나이아가
라로부터

  이기거나 져버렸다는 생각을 이제 와

  할 수 없었던 여자가

  여전히 풍경의 심리를 거스르고 있었어. 사진 한 장 찍
어주렴.

  이곳에 도착하기까지 말을 거의 하지 않던 여자가 입을
열자 여자의 자식들은

  요즘 유행하는 빈티지

  흑백 카메라를 꺼냈고 여자는 거의 넝마처럼 이리저리
흔들리는 우비를 여미며 몸을

  사선으로 조금 돌린 채 웃었다. 둥글게 테두리를 그리
며 자글거리는 이곳의 기쁜

  추위

기계는 질투하고 폭포는

어설피 살피고

여자는

곧

겪을 상처를 이해한다.

사진 속에서는 여자의 한 부분이 일시적으로 손상된 것
처럼 보였고 나이 들어가는 인간으로서는 치명적인 자국
이었으나 기계가 여자를 죽이고 뷰파인더의 선들로 고정
시키고 먼지 나는 서랍 속에 잊히게 만들어도 끝내

여자로부터 지우지 못한 것이 있었다. 보디 슈트. 바위
와 피. 수영모의 행복. 물 안에서 보았던

흐린 해와 하늘.

자식들이 찍어주는 폭포 아래. 여자 옆에는 누군가 있
을 수도 그렇지 않을 수도 있겠지만

어느 경우여도 모두 괜찮겠어.

이제는 몸에 들어가지 않을 작온
보디 슈트 곁에서. 카메라의
외로운
음모 속에서

1970년 직후 기록될 진눈깨비야. 이 시가 끝나고 나서
야 시작될 통증이다.

청송 얼음 폭포

어쩌지 또 조리 없이 화내버리고 말았어

화의 핵심은
화로는 보이지 않는 모든
장소
입구 주위가 매우

느
        린

입자들의 즐거움으로 반짝이며
그 안에서 충분하게 시간을
보내고
머물다
한 밤만 더
머물 것을 겨우
거절해 빠져나온
뒤에도
그곳이 화였는지

약간 특이한 잠 속이었는지
알 수 없는 어두운
시간성

차가움, 그리고

몇 군데
융단으로 설치된
미끄러움이 있어야 한다는 것

융단 끝에서
무방비로

넘어지는

그러니까 사방의
얼음
햇빛
파랑으로 찔림당하는

당신을 멀리서만
가려주고
안아주는
장소에 대한 나의
그런

일관성 그런
간결함이 있어야 한다는 것인데

지루한 곡선과 모서리로 반짝이는 청송 얼음골의 설계
를 맡는 데 한마디로 한 장면으로 정리되지 않아 괘씸한
당신을 여기 한 번에 불러내는 데 남은 집중력을 다 써버
린 탓에
내버렸다
맨 뒤 깊숙이
가려져 잘
보이지 않는 얼음 같은

얼음 그림자 같은 화를

단조롭고 소리가

크고
해상도가

낮은

보통 머리가 좋고 차가운 소품들이 아닌 걸 알면서

당신과 나는
무심결에
빙벽을 만지다 화상을 입곤

소리 질렀다
뜨겁게

오차 없이 너무나

맑은 맨정신으로

얼음골의 입자들이 조금씩 그러나 빠른 속도로 무너져
내리기 시작하면서 치밀하게 칠했던 푸른 물감이 당신과
나의 정수리로 흘러내리기 시작하면서

결정적으로

내가 파란 햇빛 속의 당신에게로 달려가 수건으로 당신
을 닦아주면서 진심으로 눈물을
홀리면서부터

들켜버렸지
이곳을 만든 사람이 나라는 것을
나는 화마저 이토록

조악하다는 것을

이구아수폭포

피 날 때가 아닌 곳에 자꾸
피가 솟구쳐

웃고 싶은데
울고 싶은데

누군가의 마음을 움직일 만한 표정
모두 빠져나간 나는 너무
넓어진
기괴한 얼굴

정수리에서부터 흘러나온 피가

이마를
눈 코 입을 부드럽게 가로지르네
눈썹에 달라붙은 핏덩이 때문에

시야에 들어온 모든 것이 흐리고

붉게만 보여

내 안에 너무 많은 사람 동물

곤충이 살아서

내가 그것들을 마구 죽게 해
서로 미워하고
싸우게 해 이런

피 보게 되는 걸까

아무래도 내가 잠들었을 때 나도 모르는 내가 깨어나
이 이상한 사냥을 하나 봐

부끄럽다

어지러워

누군가를 탓할 수도 내게서 나는

피냄새를 참을 수도 없는 지금

생생한 폭력과 죽음에 지친 수많은 나들이 자포자기한
나들이
무척 활기차고 다정하고 아름다운 면도 있던 그런 나들
이 살아남은 나들마저 죽이려는 지금

돌아서지 마 지금만큼은 지금만큼은
나를

사체들을 함께 치우면서 아직은 살아 있는 내 안의 생
물들을 달래주면서
죽은 피 다 빠져나가
선명한 시야가 돌아올 때까지만 그렇게 잠시

천국을 부수는 손

하혁진
(문학평론가)

사고가 없는 시, 상처처럼 벌어지지 않는 시,
그리고 또한 상처를 입히지 않는 시란 없다.[1]

0. 짓기

김연덕이 『재와 사랑의 미래』(민음사, 2021)의 시인이
었다는 것을 잊지 말자. 그러니까 그가 '재의 미래'도 아
니고 '사랑의 미래'도 아닌, '재와 사랑의 미래' 모두를 끌
어안는 시인이었다는 사실을 기억하면 된다. 요컨대 사랑
이 천성인 시인에게 '손의 온도'는 슬픔의 이유였다. 언어

---

1 Jacques Derrida, *Was ist Dichtung?*, Berlin: Brinkmann&Bose, 1990,
p. 10. 한병철, 『아름다움의 구원』, 이재영 옮김, 문학과지성사, 2016, p.
55에서 재인용.

의 '열기'에 타버리지는 않을지 '냉기'에 얼어붙지는 않을
지, 매 순간 노심초사하면서도 끝내 사랑에 닿지 못할 단
어와 문장을 만지작거리는 일이 시인의 시작(詩作)이었기
때문이다. 물론 천성은 그것이 영원히 실패할지라도 포기
할 수 없는/포기되지 않는 것. 결국 시인은 아름다운 '사
랑 모형' 하나를 세상에 내놓는 데 성공했다. 사랑의 빛과
그림자를 세공해서 만든 '유리 공' 안에는 과거-현재-미
래가 뒤섞이고 현실-비현실-가상이 교차하는 신비한 세
계가 들어차 있었다. 주체의 내면에 지어진 세계는 사랑
의 가능성과 불가능성을 모두 품고 있는 아슬아슬한 천국
이었다.

    건강한 자동글쓰기를 방해하는 건 천연 나무 향으로
구성된 생생한 증오

풍경을 등지고 앉자마자
나가는 문이 사라진다 나는

내 의지로 이 상징 한가운데 들어오지 않았다

[……]

누군가 우는 사이 누군가 더 작게 우는 세계의 상 안

에서

　나는 이제 아름다움에게 얼굴을 부여하거나 말을 가
르치고 싶지 않다 반쯤 죽은
　늙은 빛을 세공하거나

　안절부절 깨어 있고 싶지 않다

　[……]

　빛 속에서 무섭게
　식어 버린 빛을 그저 경험해 볼 만했던 경험 축소된
구슬 형태로 보관되는

　에너지
　다시 말해 과거로부터 맑게 단절된 이야기 쓰기로 환
산할 수는 없었습니다 큰 나무 자재로

　활용하거나

　얼굴을 가릴 수는 없었습니다
　　　　　　　　　　　　　—「그릭크로스」² 부분

2　김연덕, 『재와 사랑의 미래』, 민음사, 2021.

그런데 불현듯 등장한 "생생한 증오"가 천국의 질서를 방해하고, '유리 공' 안의 '나'는 "내 의지로 이 상징 한가운데 들어오지 않았다"는 것을 깨닫는다. 이 시에 이르면 김연덕의 시적 주체는 세계를 만든 자아인 '나'와 "세계의 상 안에서" 살아가는 자아인 '나'로 분열하고 갈등한다. 그렇다면 시인은 "사랑의 수동태 모형"에 불과한 천국은 "상상용 천국"에 불과하다는 것을, 사랑의 세부를 "시대착오적으로 요약"하는 평화는 "차가운 평화"에 불과하다는 것을 스스로 깨달은 것일까. 다시 말해 자신이 만든 모형이 사랑의 광휘를 "식어 버린 빛"으로 퇴색시켜 보관하는 장치일지도 모른다는 반성에 시인은 일찍이 도달해 있었다. 자신이 건축한 세계를 스스로 의심하며 "나는 이제 아름다움에게 얼굴을 부여하거나 말을 가르치고 싶지 않다"(「그릭크로스」)고 말할 수 있는 용기를, 그 드문 용기를 김연덕은 이미 갖고 있었다는 이야기다. 아마 그것 역시 사랑의 힘이었을 것이다. 김연덕에게는 세계를 짓는 동력도 허무는 동력도 하나같이 사랑이다.

1. 상속자

한편 앞서 인용한 시가 "나는//내 의지로 이 사랑 모형을 버리지 않았다"는 결구로 끝난다는 사실이 마음에 걸린다. 사랑의 흔적인 "과부하된//희망과 증오"가 "식어 버린 자동글쓰기를" 그럼에도 불구하고 붙잡아둔다는 것이다. 하긴 "내년에서 주워 온/상처"(「재와 사랑의 미래」, p. 211)와 "내게 없는 삶"의 "기억"(「예외적인 빛」)까지 그러모아 만든 세계, 살아보지 않은 미래와 살아본 적 없는 과거까지 한데 모아 지은 세계였다. 그런 세계를 그리 쉽게 떠날 수는 없었을 것이다. 따라서 두번째 시집은 첫번째 시집의 유산을 상속받은 채로 시작한다. 첫 시인 「놀라지 않는 이 사랑의 삶」의 첫 구절, "관리만 하고 살기엔 아직 젊은 내가 산자락의 이 산장을 인수받았다"라는 문장이 증거다. 물론 지금의 '나'는 그때의 '나'와 다르다. 상속된 세계의 결락을 이미 감지하고 있는 '나'에게는 "시도해보고 싶은 공사"가 많다. 아무리 생각해도 이 산장은 지나치게 매끄럽고, 투명하고, 안전하다.[3] 문제는 "외관과 시설에 문제가 없는 이상" "가만히//있어야 한다는 지침이 있"다는 것이다. 사랑의 '부정성'으로부터 멀어지는 방식으로 설계된 천국은 개보수(改補修)가 불가능하다. 그렇다면 주체에게 남아 있는 선택지는 둘뿐이다. 사랑의 "역사를/상납"한 채 안전한 천국에 머물며 "믿기지 않"을 정도로 "온

---

3 한병철은 "어떤 저항도 하지 않는" '매끄러움'은 어떤 것에도 "상처를 입히지 않는다"고 말하며, "오늘날에는 아름다움으로부터 일체의 부정성이, 전율과 상해의 모든 형태들이 제거됨으로써 아름다움 자체가 매끄럽게 다듬어진다"고 덧붙인다. 같은 책, pp. 9~23 참조.

전한 이 행복"을 누리거나 혹은 자신의 손으로 천국을 부수고 떠나거나.

핵심은 천국의 사랑이 너끈하게 감당할 수 있는 크기와 형태로 세공된 것이라는 데에 있다. 요컨대 사랑이 "부풀려놓은 과한 세계를 감당하"는 일이 가장 큰 숙제였던 그때의 '나'에게 "정밀하게/계산되어 세워진" 산장은 아마도 유일한, 사랑의 가능태였을 것이다. 그곳에서는 누구도 사랑 때문에 망가진 '나'를 힐끔거리거나 "비웃지 않"았으니까. 다만 이를 위해 포기한 것은 '폭포의 열기'다. 주체를 초과하는 사랑의 원초적인 에너지를 상징하는 폭포의 열기는 '나'뿐만 아니라 '너'까지 재로 만들 것이므로, '나'는 "겨우 A4 사이즈"에 불과한 "포스터"의 형태로만 폭포를 간직한다. 자신의 의지대로, 손의 움직임대로 조각나고 쪼개지는 "폭포가 인쇄된 큐브"의 형태로만 사랑을 기억한다. 다시 말해 시집 전체에 걸쳐서 반복적으로 등장하는 폭포, 고유의 운동성을 상실한 채 멈춰 있는 폭포는 '사랑'이 아니라 '사랑의 이미지' '사랑의 카탈로그'일 뿐이다. "인쇄된 폭포는 차갑지도 뜨겁지도//이 방의 사물들에게 사랑을 표현하지도 않"는다. 이렇듯 미지근한 온도로 사랑을 박제하고 있다는 감정과 생각, 그것이 이번 시집의 주된 정념인 '수치심'의 원인이다["나를 구하지도/버리지도 않는//나의 수치심"('시인의 말')]. "진짜 폭포엔 가

208

본 적도 없"이 "슬픔도 드라마도 없"는 "미지근한 인공 폭포"의 주위만 맴돌고 있다는 기분. 그 기분이 "물려받은 폭포"가 "수치심 폭포"(「미지근한 폭포」)로 변화한 원인인 것이다.

나는 어둠 속에서 내가 나를 부끄러워하는 냄새를 맡을 수 있는데

버튼만 누르면
이 방을 조금 전과 다른 감정으로 채우는 전기가 들어온다는 사실은 얼마나 새삼스럽고 간편하고

현대적인 아픔인가요

그래요 나 그것 덕분에
내 몸에 걸려 넘어지거나 모서리 날카로운 악취에 부딪치지 않을 수는 있지만

낮 동안의 수치가 얼마나 정교한
무늬와 기울기
절단면을 얻었는지

손바닥에 올려놓고 가까이 들여다볼 수도 있겠지만

형광등을 켜는 것은 단지

한밤중에도 이 따뜻하고 복잡한 세공에 많은 시간이

필요해서입니다

하나쯤

몰입하고 싶은

죽어서도 잊고 싶은 것이 있어서입니다

인공 빛 아래에는 나만큼 납작하고

존재감 없고

어떤 열도 금방

식히곤 하는 스테인리스 작업대

매일 봐도 익숙해지지 않는 도구들이 있어요

눈 오던 밤

비 오던 밤

나는 이 앞에 서서 해왔습니다

낮에는 하지 않는 일을

　　　　　　　　—「수정은 아름답고, 수정은 정확하고,

　　　　　　　　　　수정은 승리한다」 부분

이 시의 화자 역시 안전한 공간에 있다. "버튼만 누르면/이 방을 조금 전과 다른 감정으로 채우는 전기가 들어온다는 사실은" 그곳이 안전한 세계라는 방증이다. 확실히 '나'는 앞선 사랑(들)이 남긴 유산 덕에 "내 몸에 걸려 넘어지거나 모서리 날카로운 악취에 부딪치지 않을 수는 있"고, 그래서 지금도 "인공 빛 아래" "어떤 열도 금방/식히곤 하는 스테인리스 작업대" 위에서 사랑과 언어를 부드럽게 세공하고 있다. 그런데 '나'는 왜 "내가 나를 부끄러워하는 냄새를 맡을"까. 왜 주어진 안전을 "현대적인 아픔"이라고 생각할까. 이는 사랑의 열기를 식히고 언어의 모서리를 다듬는 행위가 대상의 본질을 훼손하는 '윙 커트'[4]일지도 모른다는 의심과 관련되어 있다. 요컨대 사랑을 무해한 형태로 가공하는 일은 그것이 갖고 있는 절대적인 '사건성', 즉 사랑의 '타자성'을 말끔하게 소거하는 일이다. 시에서는 어느 날 갑자기 작업대 위에 놓인 "백수정"의 "거칠고 아름답고/뜨거운 부분이" 주체로 하여금 그 사실을 깨닫게 한다. 가공되기 이전의 원석인 백수정은 '나'에게도 '나'의 사랑에게도 거칠고 뜨거운, '그렇기

---

4 '윙 커트(wing cut)'는 앵무새의 날개를 잘라서 비행력을 제한하는 것을 의미한다. 주로 가정집에서 살아가는 앵무새의 부상을 방지하기 위한 목적으로 실시하지만, 앵무새의 자연스러운 운동 방식인 비행을 제한하는 행위이기 때문에 여러 가지 부작용을 초래한다.

때문에' 아름다운 부분들이 있었다는 것을 새삼스레 확인
시켜준다. 시의 초반부에 등장했던 "하나쯤//몰입하고 싶
은//죽어서도 잊고 싶은 것이 있어서입니다"라는 문장이,
시의 후반부에 "하나쯤 잊고 싶은//죽어서도 몰입하고 싶
은 것이/있어서입니다"라는 문장으로 변주되어 한 번 더
등장하는 것은 그 때문이다. 사랑의 주체인 '나'는 무엇에
몰입하고 무엇을 잊을 것인가. 무엇을 잊고 무엇에 몰입
할 것인가. 이 질문은 '진정한 사랑이란 무엇인가'라는 본
질적인 물음을 던진다.

2. 설계도

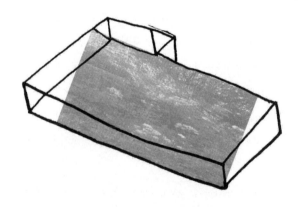

gleaming tiny area

아무래도 설계도가 필요하다. 안전한 천국이 무엇을 누락하고 있는지 알아야 한다. 이에 대해서는 김연덕의 또렷한 특징이자 성취라고 할 수 있는 '연작시'를 살펴보는 것이 도움이 된다. 첫번째 시집에 「재와 사랑의 미래」가 있었다면 두번째 시집에는 「gleaming tiny area」가 있다. 시인은 총 열한 편에 달하는 연작시를 통해 천국의 설계도를 제시하고 있는데, "무심결에 뒤척여도 다치지 않게" 세심하게 지어진 그곳은 "오랜 시간을 거쳐 힘겹게 내 것이 된 언어나 사랑의 아름다움을 조금도 잃지 않은 채" 머무를 수 있는 공간으로 묘사된다. 주목해야 하는 것은 왠지 모르게 "연로한 느낌을 주는 이상한 반투명한 유리관"에서 어떠한 생기도 느껴지지 않는다는 점이다. 아무런 "기척도 감탄사도 내지 않"는 세계는 이상하리만치 "침착"하다. 사랑이라는 강렬한 감정을 내포하고 있음에도 '유리관' 속의 세계는 좀처럼 끓거나 얼지 않는다는 이야기인데 기억이 진공된 공간인 유리관은 사랑의 역사가 최적의 상태로 압축된, 절대성의 세계이기 때문이다. 하지만 아직 젊은 연인에게 사랑은 '이미 끝난 것(과거완료)'도 아니고 '미리 끝난 것(미래완료)'도 아닌, '현재진행형'의 감정이다. 과거의 기억도 미래의 가능성도 소진된 공간에 누워만 있기엔 '나'도 '그'도 아직 너무 젊다. 벌써 "마지막 사랑"의 "마지막 언어"를 운운하기엔 두 사람도 방금 전까지 "오늘이 다 끝날 것처럼 서로를 끌어안는 젊은 사람들 사이에 있었다"(「gleaming tiny area」, p. 49)는 이야기다. 어쩌면 안전한 천국이 누락하고 있는 것은 '젊은 사랑'의 에너지, '지금 여기'의 생명력일지도 모른다.

슬픔과 열쇠로 걸어둔 우리 집 앞마당에 지금쯤 부드러운 빛이 들어오겠구나 생각한다. 가능한 가장 조용하게 소리치고 싶을 만큼 언어가 어렵고 추운 나라지만 기념품점은 따뜻하다.

정확한 소재도 깊이도 알 수 없는
바구니에 담겨 있던, 귀퉁이가 조금 닳아 있는 유리공을 집어든다. 깨지지 않도록 조심하며
한 바퀴 천천히 돌려 보니 내 나라가 우리 집이
조금 사치스러운 계획과 함께 누워 있는 내가 보인다. 해를 거듭하며 현관과 통로가 아름답게 어두워진 내 몸을 열어
분무기를 꽂을
살아본 적 없는 동작을 놓아두고
특정한 날 특정한 시간에만 내리쬐는 빛을 가두어 다 무너져가는 언어를 그대로 무너지게
겁먹은 몇몇은 약한 스탠드 빛에 의지해 도망가게 두는 계획들. 기획된 적막 속에서 나는 슬프고 기뻐 보인다.

머리가 잘린 꽃으로부터 최대한

멀리 떨어진 곳

다른 기념품

완전하게 먹통이거나 냉혹한 사람이 되어 누워 있을

수 있는 곳에 가고 싶었는데 두렵도록 투명한

　이 유리 공 앞에 나의 눈동자는 다시 마당의 빛으로

걸어진다.

　참을 수 없는 것을 참아내듯 울창한 성에

　사랑하는 사람에게? 기념품점 주인이 묻고

　공을 쥐지도 내려놓지도 못한 채 나는

　순간적인 표정을 숨기지 못한다

　　　　　　　　　—「gleaming tiny area」(p. 45) 전문

　한편 '지금 여기'의 현재-현실이 과거 혹은 미래의 시
간, 비현실 혹은 가상의 공간으로 자유롭게 비약하는 것
은 김연덕의 시가 가진 특징 중 하나다. 인용한 시에서도
세 층위의 시공간이 존재한다. ① 현재의 기념품점, ② 과
거의 우리 집 앞마당, ③ 과거-현재-미래가 뒤섞인 내면
세계. 우선 ①의 '나'는 ②로부터 "최대한/멀리 떨어"지기

위해 "언어가 어렵고 추운 나라"까지 온 것으로 보이는데, 왜 그래야 했는지는 '나'가 집어 든 "유리 공" 안을 보면 된다. 그 안에서 ③의 '나'는 "조금 사치스러운 계획과 함께 누워 있"다. 그런데 "기획된 적막"이라는 시어 때문인지 ③의 시공간은 다소간 실감이 결여된 세계처럼 느껴진다. 예컨대 ②에 놓인 "머리가 잘린 꽃"에 비교하면 ③에 놓인 "분무기"와 "꽃"에서는 어떠한 생명력도 느껴지지 않는다. 이쯤에서 이 시가 김연덕의 시라는 사실을 떠올리면 머리가 잘린 꽃은 '사랑의 죽음'을 상징한다는 것을 알 수 있고, 그렇다면 분무기와 꽃은 그것을 무해하게 가공한 형태, 즉 사랑의 열기와 냉기를 제거한 미지근한 잔해라는 것도 알 수 있다. 정리하면 ②의 '나'는 사랑의 죽음을 겪었고, ③의 '나'는 그로 인한 슬픔으로부터 격리되어 있으며, ①의 '나'는 사랑의 죽음과 슬픔을 반복하지 않기 위해 먼 타국에 와 있다. 물론 이방(異方)에서 만난 "두렵도록 투명한/이 유리 공"은 또다시 '나'를 사랑 앞으로 데려간다. "사랑하는 사람에게?"라고 묻는 기념품점 주인의 질문에 "공을 쥐지도 내려놓지도 못한 채" "순간적인 표정을 숨기지 못"하는 '지금 여기'의 '나'는 구제 불능인 사랑의 생명력이 "참을 수 없는" "성에"와 같다는 사실을 다시 한번 깨닫는다.

'지금 여기'의 '나'가 중요하다는 사실은 「나의 레리안」

에서도 마찬가지다. "아름다움 앞에 말을 잃기 위해서만 가끔/사는 것 같"다고 말하는 '나'는 역시나 세 층위의 시 공간으로 나뉘어져 존재한다. ① "호텔 로비에 거대한 새 처럼 장식된 꽃"을 보고 있는 '나', ② 기차 안에서 "차창 밖으로 부드럽게 흔들리는 논밭을 바라보는" '나', ③ "무 언가 휩쓸고 지나간/연기도 거의 꺼져가는" 가상의 논 위 에 서 있는 '나'. 앞서 이야기했듯 '나'의 내면세계인 ③은 "무시할 수 없을 정도로 몸집이 커져" ②를 따라오는데, 그 안에는 떠난 사랑이 남긴 "나의 수치스러운/장면들이" "질식된 채" 박제되어 있다. 반복건대 ③은 사랑의 기억 을 "청산해버린 듯한/슬프고//깨끗한 기분을" "아름다움" 이라고 느끼도록 설정된 세계인 동시에, "내내 끝나지 않 던" 사랑의 한순간이 "약한 섬광과 함께 죽어버"렸다는 것에 대한 수치심을 안고 있는 세계. 그런데 중요한 것 은 ①의 '나'가 마치 살아 있는 새처럼 생명력을 뿜어내는 장식용 꽃을 바라보며, "며칠 전 잊었던 열기"가 "되살아 나는 것을 느"낀다는 점이다. '나'는 장식품(꽃)을 만든 사 람 역시 자신과 마찬가지로 아름다운 생명력(새)을 제거 함으로써 "그저 모범적으로 잘 만들어진 꽃으로 보"이는 모형을 만들었을 것이라고 생각한다. "새와 같았던 그 꽃 을 장식했던 사람에게" "나만의 방식으로, 섬광을 일시적 으로나마 돌려줄 수 있을지 모른다고" 생각하는 '나'의 말 이 사실상 자신을 향하는 것처럼 보이는 이유다. 요컨대 사랑이 갖고 있는 본래의 광휘를 돌려주고 싶다고 말하는 '나'에게 주어진 과제는 "내가 만든 잠깐의 꿈에서 깨어나"(「여름 독서」)는 일 그리고 그 꿈 이면에 "산 채로 매장된 빛"(「gleaming tiny area」, p. 56)의 생명력을 복원하는 일이다.

3. 탈출 혹은 구원

지금까지 살펴봤듯 안전한 천국이 사랑의 부정성과 함께 누락한 것은 사랑의 광휘와 생명력이었다. 자신이 만든 세계를 부수는 김연덕의 시는 사랑에는 '천국의 동일성' 안으로 포섭할 수 없는/포섭되지 않는 영역, 즉 '절대적인 타자성'의 영역이 있고, 어쩌면 그것이야말로 사랑이라는 감정과 행위의 본질일지도 모른다는 사실을 우리에게 알려준다. 무엇보다 그 사실에는 "나를 뒤흔들고, 파헤치고, 나에 대해 의문을 제기하고, 너는 네 삶을 바꾸어야 한다고 경고하는 무언가가 있다".[5] 그래서일까. 균열도, 고통도, 저항도, 상처도 없는 세계의 공회전을 멈춘 김연덕의 시적 주체는 이제 천국의 바깥으로 향한다. '당신'이 삭제된 미지근한 기억들을 "조심조심 따라가는 식의

---

5   한병철, 같은 책, p. 17.

이야기를 쓰고 싶었던 건 아니"라는 사실을 깨달은 주체
는 스스로 "풍경의 거친 배열을 헝클어뜨리고"(「gleaming
tiny area」, p. 86), "빛 배열을 바꾼다"(「벽돌방 뒤 복도」).

흑백사진 속 여자는 수영복 차림이었어. 슬프거나 섹
슈얼한 느낌은 전혀 없이
보디 슈트에
도토리 같은 수영모까지 맞춰 쓰고 있었지. 수영을
막 마치고 온 걸까?

비웃음
무례, 약간의
충격. 그런 걸 겪어본 적 없는 얇은 두께의 인화지를

급습해 뚫고 나온 듯, 모든 것이 흑백인 그곳에서도
가장 검다는 것이 느껴지는 바위에 걸터앉은 그 여자는

카메라의 방향을 조금 비껴간 채 웃고 있었어. 그러
니까 검은 바위 검은 모래 검은 풀숲 검은
물 검은
시간들 검은
구름과 더는 섞이지 못한 채 수영모의
흰 곡선

조용하지만 활달하게 자글거리는 테두리를 그리며
사진으로부터 밀려나오고 있었다. (그 미세한 테두리가
사진을 때로 합성으로 보이게 하는 듯했다.) 여자 입가의

　　빛
　　그림자
　　물기는 서로의 자리를 차지하려는 야심이나 다툼
　　움직임 없이 칼처럼

　　조심스러운 행복처럼 멈춰 있었고

　　이 사진을 인화한 기계는

　　모든 면이 너무 날카롭게 깎인 바위를 제대로 살피지
도 않고 앉아버리던
　　흐린 날에도 오래 수영하던 여자의 삶을 멈춰야 했
어. 눈에 띄지는 않지만
　　보디 슈트와 연결된 내면의
　　부속 무언가가 영영
　　손상된.
　　도토리

한 알만큼 축복받은.

풍경에 가끔
져주는 법을 잊어버린

자신에 찬 삶을.

바위는 몸을 부풀려 절단면을 더 뻔한 방식으로 넓히
고자 한다. 자신의 피부를 뚫고 들어오는 쓸쓸한 악의
에는 조금도
관심 없는 사람의 손바닥을 위해 바위는

지친 채 할 일을 했지. 뾰족하게 갈린 면이 여자의 손
바닥을 천천히 관통한다. 아마
파란색이나 초록색 보디 슈트를 입고 있었을
흐린 낮의 즐거움에만 집중할 수 있던 여자를
기계는
그 순간 질식시켜
눌러야 했다 쉼 없고 헤어 나올 길
없는 잉크로.

암실의

이해에 깔려
시간이

잠깐 죽는다.

그렇지만 인화 후에도 여자의 시선 끝에는 스스로를
다시 옛날 사람으로 돌려놓을 만한 누군가는
그토록
괴롭고 특별하게 번지는 사건은
없는 것처럼 보였어. 바위를 짚은 여자의 오른손엔
세로로 긴 상처가 나 있었다. 1970년 여름의 맥없는 셔
터 소리가 끝나고 나서야 시작될 통증

통증 직전 기록된 이상한 천진함

이 여자는 내가
갖고 싶은 옛날 여자의 이미지야.
—「폭포 열기」부분

위의 시에서 "흑백사진 속 여자"는 "얇은 두께의 인화
지를//급습해 뚫고 나온 듯" 강렬하다. 모든 것이 검은 사
진 속에서 여자가 쓴 "수영모의/흰 곡선"은 유독 도드라
져 보이는데, 그것이 그녀를 "사진으로부터 밀려 나오"게

하면서 묘한 생명력을 부여한다. "이 여자는 내가/갖고 싶은 옛날 여자의 이미지야"라는 화자의 말처럼 사진 속 그녀는 확실히 매력적이고 "이상한 천진함"을 갖고 있다. 하지만 그것만으로는 부족하다. 빛과 시간이 박제된 사진 한 장만으로는, 그녀의 모습이 "조심스러운 행복처럼 멈 춰 있"는 사진 한 장만으로는, 그녀에 대해 충분히 알 수 없다. 아무래도 이 아름다움은 너무 막연하다. 사진기와 인화기가 멈춰야 했던 그녀의 삶, "질식시켜"야 했던 그녀 의 이야기는 무엇이었을까. "보디 슈트와 연결된" 그녀의 "내면의/부속"에는 "무언가가 영영/손상된" 상처가 있었 을까. 그녀에게도 "맥없는 셔터 소리가 끝나고 나서야 시 작될 통증"이 있었을까. 그걸 알기 위해서는 "암실의//이 해에 깔려" 죽어 있는 시간의 바깥으로 나가야 한다. 사진 속 그녀를 창백한 프레임의 바깥으로 탈출시켜야 한다.

> 기계는 질투하고 폭포는
> 어설피 살피고
> 여자는
>
> 곧
> 겪을 상처를 이해한다.

사진 속에서는 여자의 한 부분이 일시적으로 손상

된 것처럼 보였고 나이 들어가는 인간으로서는 치명적
인 자국이었으나 기계가 여자를 죽이고 뷰파인더의 선
들로 고정시키고 먼지 나는 서랍 속에 잊히게 만들어도
끝내

　여자로부터 지우지 못한 것이 있었다. 보디 슈트. 바
위와 피. 수영모의 행복. 물 안에서 보았던

　흐린 해와 하늘.

　자식들이 찍어주는 폭포 아래. 여자 옆에는 누군가
있을 수도 그렇지 않을 수도 있겠지만
　어느 경우여도 모두 괜찮겠어.

　이제는 몸에 들어가지 않을 작은
　보디 슈트 곁에서. 카메라의
　외로운
　음모 속에서

　1970년 직후 기록될 진눈깨비야. 이 시가 끝나고 나
서야 시작될 통증이다.

―「폭포 열기」 부분

그래서 화자는 자신이 알 수 없는 그녀의 미래를 "상상"

한다. 그녀의 결혼과 가족을 상상하고, 그녀가 느꼈을 행복과 아름다움을 상상한다. 그리고 무엇보다 그녀를 "나이아가라폭포" 앞으로, "쏟아져 내리는 폭포의 물" 앞으로 데려간다. "진눈깨비와 폭포수 검은/바람을/얼굴로 동시에 맞는" 여자의 모습은 고정된 사진 속 여자의 모습보다 훨씬 더 역동적이다. 폭포의 열기 앞에 선 여자의 모습에는 확실히 그녀의 삶과 이야기가 녹아 있다. "사진 속에서/한 번 죽었던" 여자는 화자의 상상 속에서, 시인의 언어 속에서 되살아난다. 물론 그것이 그녀의 삶과 이야기를 전부 구원하지는 못한다. 상상의 주인인 화자는, 시인은 "여자는//곧/겪을 상처를 이해한다"라고만 말할 수 있을 뿐이다. 상처의 정체, 통증의 내막이 무엇인지는 화자, 시인 역시 알 수 없다. 대상을 "뷰파인더의 선들로 고정시키고 먼지 나는 서랍 속에 잊히게 만"드는 것은 사진도 시도 마찬가지다. 그러나 화자가, 시인이 "이 시가 끝나고 나서야 시작될 통증"을 정확하게 인식하고 있다는 것이 중요하다. 요컨대 김연덕의 시는 이제 천국의 동일성 안에서 사랑을 말하는 것이 아니라, 그것의 절대적인 타자성 안에서 사랑을 말한다. "할 수 있음의 영역을 완전히 벗어나 있는 타자의 아토피아atopia가 에로스적 경험의 본질"이기에, 시가 사랑에 대해서 쓸 수 있는 것은 "할 수 있을 수 없음Nicht-Können-Können"[6]뿐이라는 사실을 김연덕은 조심스레, 그러나 단호히 받아들인다. 그 진실을 외면

할 수 없었기에, 시인은 천국을 버렸다. 사랑이 천성인 시인에게 그것은 탈출이 아니라 차라리 구원이다. 시는 사랑에 관해 '할 수 있을 수 없음'을 쓸 뿐이지만, 시인은 "당장 이 밑을 파내도 아무것도 바뀌지 않을 것을/그러나 무언가는 바뀔 것을"(「gleaming tiny area」, p. 56) 분명히 알고 있다.

0. 다시 짓기

김연덕이 '사랑의 시인'이라는 것은 알고 있었지만, 이토록 '사랑의 시인'이라는 것은 『폭포 열기』를 통해서 비로소 알았다. 사랑에 있어서 김연덕은 만드는 손과 부수는 손을 모두 가진 '양손잡이'다. 만약 사랑이 배울 수 있는 것이라면, 그건 아마 '나'가 어찌할 수 없는 '당신'을 향해 자신의 존재를 여는 방법을 배우는 일일 텐데, 그 점에서 김연덕의 시는 나의 선생이다. 사랑 시는 흔하지만 김연덕의 시만큼 사랑을 향해 열려 있는 시는 드물고 귀하기 때문이다. 반복하자. 천성은 그것이 영원히 실패할지라도 포기할 수 없는/포기되지 않는 것. "사랑하는 자리"는 "쓰는

---

6 한병철, 『에로스의 종말』, 김태환 옮김, 문학과지성사, 2015, pp. 32~41.

자리"보다 언제나 "환하거나 어"[7]두울 것이므로, 영원히 반복될 실패를 동력 삼아 김연덕의 시 쓰기는 그치지 않을 것이다. 이 사랑은 실패하지만 지지 않는다. 이미 지고 시작하는 사랑은 기껏해야 '조금 더' 지거나 '조금 덜' 질 뿐이다. 물론 그 '조금'에마저 부끄러움을 느끼는 시인은 천국을 세우고 또다시 부수며 영원히 실패할 사랑을 기록할 것이다. 그러니 '폭포 열기' 앞에 자신의 존재를 열고 있는 시인의 손이 다치고 멍들 것을 알면서도 이렇게 쓸 수밖에 없다. 사랑에 관해서라면 우리는 아직, 영영 배울 것이 있으므로 부디 김연덕의 양손이 멈추지 않았으면 좋겠다. 그 손의 미래에 상처처럼 벌어진 마음을 미리 보내둔다.

7 김연덕, 『액체 상태의 사랑』, 민음사, 2022, p. 7.